# ぶらり平蔵

## 決定版⑩宿命剣

吉岡道夫



コスミック・時代文庫

本書は二〇一〇年十一月に刊行された「ぶらり平蔵
宿命剣」を改訂した「決定版」です。

目次

# 「ぶらり平蔵」主な登場人物

神谷平蔵《かみやへいぞう》　旗本千八百石、神谷家の次男。医者にして鐘捲流《かねまき》免許皆伝の剣客。火事で焼け出されたが、新妻の波津《はつ》とともに千駄木に居を構える。

曲官兵衛《まがりかんべえ》　波津の父親。岳崗藩《たけおか》白石郷《しらいし》の郷士で無外流の剣客。

矢部伝八郎《やべでんぱちろう》　平蔵の剣友。子連れの寡婦《かふ》・育代《いくよ》と小網町道場の母屋に暮らす。

笹倉新八《ささくらしんぱち》　元村上藩徒士目付。篠山検校《しのやまけんぎょう》の屋敷に用心棒として住みこむ。

渋井啓之助《しぶいけいのすけ》　岳崗藩大目付・渋井玄蕃《げんば》の一人娘・由加《ゆか》の婿《むこ》。

味村武兵衛《あじむらぶへえ》　徒目付《かち》。神谷忠利の部下。心形刀流の遣い手。

おもん　公儀隠密の黒鍬者《くろくわもの》。料理屋「真砂《まさご》」の女中頭など、様々な顔をもつ。

宮内庄兵衛《みやうちしょうべえ》　黒鍬組二の組を束ねる頭領。なにかと平蔵夫婦を気遣う世話焼き。

お篠《しの》　宮内庄兵衛配下の黒鍬者の娘。小商人《こあきんど》に嫁《か》すが、夫が死んで寡婦に。

茂庭《もにわ》十内《じゅうない》　元七百石の旗本。娘のお甲《こう》とともに両国で料理茶屋「味楽《みらく》」を営む。

小川《おがわ》笙船《しょうせん》　伝通院《でんずういん》前に治療所を開く町医者。貧乏人からは金を取らない器量人。

柘植《つげ》杏平《きょうへい》　尾張柳生流の高弟。剣の腕を買われ先代尾張藩主の陰守を務める。

お露《つゆ》　蒲田の茶店『いずみや』の女中。柘植杏平に請われ江戸妻になる。

徳川《とくがわ》吉宗《よしむね》　第五代紀州藩主。将軍家継の後見として、次期将軍の筆頭候補。

天英院《てんえいいん》　六代将軍・家宣《いえのぶ》の正室。吉宗と組み、尾張派の月光院《げっこういん》と争う。

徳川継友《つぐとも》　第六代尾張藩主。吉宗と天下人の座を争う。

成瀬《なるせ》隼人正《はやとのしょう》　犬山藩藩主。尾張藩付家老（藩政を監視する幕府の目付役）。

日下部《くさかべ》伊織《いおり》　尾張藩主・継友の御側御用人。藩政を掌握する能吏。

諸岡《もろおか》湛庵《たんあん》　元岸和田藩郡代。日下部伊織の参謀役。

榊原《さかきばら》刑部《ぎょうぶ》　尾張藩の隠密・鴉組《からすぐみ》の頭領。タイ捨流の遣い手。

# 序　章　無礼討ち

一

　東海道の蒲田村《かまたむら》に、旅の道中常備薬として知られている［和中散《わちゆうさん》］を看板にかかげた茶店が四軒ある。

［和中散］は暑気あたりや風邪に特効があるというので、長旅には欠かせない薬のひとつだった。

　四軒の茶店は『和中散』を看板にして、それぞれの店名を染めぬいた紺の前掛けをかけた茶汲《ちやく》み女中が、たがいに競いあい、街道を往来する人びとを呼びこんでいた。

「あら、ちょいと、そこのようすのいいおにぃさん。そんなに急がなくったって、おてんとさんは逃げてきゃしませんよぅ。お茶でも飲んでひとやすみしてらっしやいな」

「うちは和中散の本家ですからね。お土産《みやげ》に梅干しもございますよ。ひとやすみなさるんなら、奥の小座敷で梅肉和《あ》えの白魚を肴《さかな》に冷や酒もちょいと乙《おつ》なものでございますよ」

旅人はだいたいが男だから、紅紐《べにひも》を襷《たすき》がけにし、袖口をたくしあげて白い二の腕で強引に腕をかかえこみ、引っ張りこみにかかる。

「へっ、よくいうよ。向こうの茶店でも、うちが本家本元だっていってるぜ」

「あれはうそもうそ、大うそですよう。うちのが本物の和中散……」

「へへ、おいらは和中散よりも、ねえちゃんの膝枕でおねんねしてみてぇなぁ」

ふざけて、ちょろりと尻を撫でたりする客は、たちまち腕をかかえこまれ、店の中にひきずりこまれてしまう。

四軒の茶店はどこでも紅白粉《べにおしろい》をぬりたくり、赤い蹴出しの裾をちらつかせた女中たちが客の奪いあいに目の色を変えている。

女中たちのめあては客が置いていってくれる心付けの文銭で、それが女中たちの暮らしの糧《かて》になっているからだ。

年寄りや女の客は葦簀《よしず》がけの土間の縁台で茶を飲んで休むだけだが、店の奥にある小座敷や、梅林のなかに点在する四阿屋《あずまや》では酒飯の膳も出すから、女中たちは酒の相手もする。

四阿屋を使う客はほとんどが身分のある武家か裕福な商人だから使ってくれる金も多いし、心付けも一朱か二朱、ときには一分もはずんでくれることもある。むろん、一人客のなかには女中を口説《くど》くものもいるから、女中のほうも相手次第で気が向けばこっそりちょんの間の枕代稼ぎもする。そういう客は銭も使ってくれるから、主人もうるさいことはいわなかった。

和中散と梅干しや海苔《のり》の土産物だけでは、四軒もの茶店はやっていけないから、どこでも女中を売り物にして競り合っていた。

女中たちの多くは近郷の百姓家の出戻り女や寡婦《やもめ》で、家にいても厄介者あつかいされるだけだし、かといって花街《かがい》の売女《ばいじょ》に身を沈めるよりはましだというので茶店奉公に出るものがけっこういた。

もともと蒲田村は東海道大森宿《おおもりじゆく》の南にある、のどかな百姓地だったが、このあたりの土は梅の木がよく育つというので、百姓たちはだれもが田畑のあいだや家のまわりに梅の苗木を植えこむようになった。

はじめは青梅だけを売り物にしていたが、それでは初夏だけの稼ぎでおわってしまう。そこで青梅を天日干しにして、紫蘇《しそ》の葉をまぜ、樽《たる》に漬けこみ、梅干しにしてから名産物として売るのを副業にするようになったのである。

この蒲田の梅干しは、大森の海苔とともに名物のひとつになっていて、街道を往来する旅人や、江戸の町人たちも如月《きさらぎ》（二月）の梅の花見のころは梅林見物の土産によく買って帰る。

ここの梅林は鑑賞用に育てたものではないが、花が満開のころは清々《すがすが》しい梅花の香りがあたりにひろがり、素朴で野趣にとんだ梅林の風情が乙なものだと好まれて、江戸の町人たちの評判を呼んでいた。

## 二

この日。四軒ある茶店のなかのひとつ、『いずみや』という茶店に深編笠をかぶった侍がふらりと立ち寄った。

べつに客引きの女中が強引に誘ったわけではなかった。

声をかけようとしたものの、なんとなく近寄りがたいものが侍の身にまつわりついていたから、だれも声をかけなかったのである。

　牢人者ではなく、月代《さかやき》も綺麗に剃りあげていたし、紺足袋《こんたび》に脚絆《きゃはん》がけ、草鞋《わらじ》に熨斗目《のしめ》のきいた裁衣袴《たつつけばかま》をつけているうえに三つ紋つきのぶっさき羽織《はおり》という身分のある侍らしい旅装だったが、荷物らしいものはもたず、連れや、供の小者もいなかった。

「ひとやすみしたいが、空いている部屋はあるかの」

　腰の大刀をはずし、深編笠の庇《ひさし》をもちあげながら、迎え出た店主にぼそりとそう告げた。

　店主は身分のありそうな侍だけに、店でも上客専門のお露《つゆ》という女中に目配せし、庭の梅林に建てた四阿屋のひとつに案内させた。

　お露は蒲田村に住みついて寺子屋の師匠をしていた牢人者の妻だったが、五年前に夫と死別してからは『いずみや』の通い女中をして一人暮らしをしていた。

　お露は二十七の年増《としま》だが、器量もいいし、なんといっても武家の出だけに物腰にも品があって、客あしらいにもそつがない。そこを見込んだ店主は上客専門の係女中として重宝していた。

「なんだか、ちょいと気むずかしそうなお武家さんだが、いいかね」

　店主は懸念して、念のためにお露にたしかめたが、暖簾《のれん》の陰から見ていたお露は無言でほほえみ、うなずきかえした。

お露の生国《しょうごく》は雪国の越後《えちご》村上《むらかみ》である。

江戸者とちがって、越後者は土臭く、どちらかというと寡黙《かもく》で、とっつきにくい者が多い。

五年前に亡くなった夫もふだんは無口で、人づきあいの下手《へた》な男だったが、心根は優しい人だった。

たしかに深編笠の侍は店主がいうように一見気むずかしそうに見えたが、武家にしては横柄なところもなく、粗暴な人柄《ひとがら》には見えない。

それに、お露はどちらかというとちゃらちゃらした江戸っ子より、亡夫のような口数のすくない無骨な侍のほうが好みだった。

三

侍は四阿屋にあがると、深編笠とぶっさき羽織をはずし、腰の大小を床の間の刀架けに置いて、冷や酒を二本頼んでから、ごろりと横になってしまった。

お露が半間の押し入れから木枕を出してすすめると、侍は無言のまま巾着《きんちゃく》から一分銀をふたつつまみだし、ばらりと畳のうえに投げ出した。

それきり脚絆もはずさず、木枕に頭を乗せて、腕組みをしたまま目を閉じてしまった。

お露は二分銀を手にして戸惑った。

いくら四阿屋の上客といっても、酒代と席料をあわせたところで一分もあれば足りる。

かといって、侍はお露に手を出そうとする気配もない。

とにかく、二分銀を帯のあいだに挟み、膝をおしすすめて侍の足下に座って声をかけた。

「脚絆をおはずししましょうか」

「うむ。ならば頼むか……」

素直にうなずいて、膝を立てた。

お露は足袋を履《は》いた侍の足首をつかんで膝のうえに置くと、裁衣袴の裾をまくり、脚絆の紐をはずしにかかった。

侍の足首は太く、脹《ふく》ら脛《はぎ》の筋肉はまるで瘤《こぶ》のようにふしくれだっていて、岩のように堅く、剛毛に覆《おお》われている。

お露がこれまで見たこともふれたこともない頑丈な足だった。

腕組みした双の腕の筋骨もたくましい。

――きっと、よほど武芸のできるおひとにちがいない。

なぜか、お露は初めて男の肌にふれたときのような脅えと、ときめきのようなものを感じた。

脚絆を丁寧にたたんでから、お露は膝をおしすすめ、侍の肩にそっと手をかけた。

「よろしければ肩でもお揉みいたしましょうか」

「いや、いらん」

侍はぶっきらぼうに片手をふって、くるりと背を向けてしまった。

背丈はそう高くはないが、肩幅も、腰もがっしりしている。

眉毛も、鼻も太く、唇も分厚い。悪くいえば鈍《どん》くさい顔だったが、ちらっとお露を見たときの双眸《りょうめ》に、ゾッとするような凄みがあった。

しかも、それまでたっぷりした侍髷《さむらいまげ》の鬢《びん》の毛で隠れていたが、左の耳朶《みみたぶ》がすっぱりと削《そ》がれていて、鬢から斜めに走る二寸余の古い刀傷があるのが見えた。

刀傷はずいぶん古いものだったが、よほどはげしい斬り合いをしたことがあるのだろう。

この泰平の世では、たとえ武士でもめったに刀を抜いて斬り合うことなどないはずだ。

――このおひとは、ただの、お侍じゃなさそうだ。

また身じろぎもせず眠りはじめた侍のそばをそっと離れて店にもどると、注文を板場に通してから、店主に二枚の一分銀を渡した。

心付けにしては多すぎると思ったからだ。

「こんなにもらっていいものでしょうか」

「ほう。二分とはずいぶんはずんだもんだね。よほど、あんたがお気に召したらしい」

「さぁ……ただ、おやすみになりたいだけのようですけれど」

「なにを言ってるんだね。ただ、やすむだけで二分もはずんでくれるお客さんなんかいやしない。あんたしだいじゃ、もっとたんまりはずんでくださるかも知れないよ」

耳元でささやくと、お露の腰をぽんとたたいた。

「せいぜい気張るんだね。店のほうはいいから腕によりをかけて、たっぷりお相手をしてくるがいい」

四

お露が冷や酒の徳利と、小鉢に盛りつけた梅干し和えの大根の千切りを添えた運び盆を手に四阿屋にもどってみると、刀傷の侍はかすかな寝息を漏らして眠っていた。

東向きの壁に丸窓があいていて、庭の梅林が見える。丸窓からさしこむ初夏の陽射しを浴びた侍の背中が、おそろしく孤独に見えた。そのまま盆を置いてもどるのもどうかと思って迷っていると、ふいに寝息が止まり、侍がむくりと起き直って、あぐらをかいた。まくりあげた裁衣袴の下から、剛毛で覆われた太い脛《すね》がむきだしになっている。お露が徳利をとって酌《しゃく》をすると、侍はたてつづけに二、三杯、盃をあおってから、箸で梅干し和えの大根をつまんで口にほうりこみ、かすかにうなずいた。

「うむ。うまい。これはいける……」

鼻の穴をふくらませて、ぺちゃぺちゃと舌鼓《したつづみ》を打った。

その顔が見かけによらず、なんとも素朴で親しみやすい感じがした。

「お口にあいましたか……」

それには答えず、侍はまじまじとお露を見つめた。

「そなた、どうやら武家の出のようだな」

「え……」

「物腰、言葉遣《づか》いに、どことのう品がある。どうして、こんなところではたらいておるのだ。そなたなら武家奉公でもつとまろうが」

「いえ、もう、そんな年ではございませぬ。それに、ここは気楽でございますし、近くの大百姓の隠居部屋を借りておりますが、お家賃も江戸よりは安うございますから暮らしやすうございます」

「ふうむ……」

侍は目を細めて、お露を見つめた。

「独り身なのか……」

「はい。五年前に夫に先立たれました」

「子はおらぬのか」

「はい……」

お露はさみしそうにつぶやいた。

「もし、ややが産まれていたらと思うこともございますが、女手ひとつで、どうなっていたか……そう思うと、いなくてよかったような気もいたします」

「うむ……」

侍はかすかにうなずくと、吐き捨てるようにいった。

「捨て子するくらいなら、子など産まぬほうがよい」

お露がどきりとするほどの強い語気だった。

「茶店の酌取り女中をしておれば客と枕をかわすこともあろうが、いやではないのか」

「いやなときもございますが、そういうときはお断りいたします」

「ほう……」

「おなごも生身でございますゆえ」

「おなごも生身か……正直だの」

侍は笑みをうかべて、うなずいた。

「しかし、こんな四阿屋に案内したところをみると、わしと寝てこいとでも言われたのではないか」

お露は曖昧《あいまい》にほほえみかえした。

「よいわ。わしと寝たことにしておくんだな」

そう言うと、懐《ふところ》から一両小判をつかみだし、お露の膝前に投げた。

「とっておくがよい。これは、あるじに渡さずともよいぞ。帯にでも挟んでおけばよかろう」

「でも……それでは申しわけありませぬ」

いくら寝たことにしておけといわれても、小判などふだんはめったに見ることもないような大金である。

たとえ枕代にしろ、一両（約十二万円）はもらいすぎだった。女の一人暮らしなら、一両あればひと月は楽に暮らせる。

見た目はとっつきにくく、ぶっきらぼうだが、すくなくとも茶店の酌取り女中風情を人としてあつかってくれている。

こんな客にはこれまで出会ったことがなかっただけに、お露は妙にこころ惹《ひ》かれるものを感じた。

しばらくためらったあげく、お露は座敷の隅にある半間の押し入れから布団を出そうとした。

「おい。なにをしておる」

「え……でも、このままでは」

「よせよせ、そんなつもりで金を出したのではない」

苦笑して、盃をお露に突きつけた。

「ま、一杯やれ」

「は、はい」

お露は急いで布団を押し入れにもどすと、膝でにじり寄り、さしだされた盃をうけた。

「名はなんという」

「おつゆ、ともうします」

「つゆは漢字の、露か……」

「はい……」

「ほう、ちと寂しい名だが、そなたには、よう似合うておる」

侍は双眸を細めてうなずいた。

「朝露のように涼しげで、そなたらしい名じゃ」

「そのような……もう、三十路《みそじ》前の年増でございますよ」

「なんの、三十路前といえば、おなごの盛りではないか」

「ま……」

「露というよりは、芽吹きを迎える青葉といったところだの」

侍は土臭い見かけによらず、女ごころをくすぐるような洒落《しやれ》たことをさらりと言ってのけた。

それに、茶屋女をするようになってからは「そなた」などと呼んでくれた客はいままでいなかった。

たいがいは「おい」か「おまえ」、せいぜいが「あんた」である。

お露を武家の出と見てくれたのも、この侍がはじめてだった。

「あの、お武家さまは西の方ですか」

「ああ、尾張《おわり》者だ」

「ま、では御三家の……」

尾張家といえば六十万石の大藩である。

「ふふ、尾張者といっても藩士ではないぞ」

侍は苦い目になった。

「と、もうしても、藩公から捨て扶持《ぶち》をもろうておる身だが、侍は所詮《しよせん》、あるじの飼い犬じゃ。にんべんに寺と書くように、行住坐臥《ぎょうじゅうざが》、死と隣りあわせて生きているようなものよ」

「ま……」

捨て扶持をもらっている侍とはどういうことなのか、お露には見当がつかず戸惑った。

「この刀傷を見たであろう」

侍は顔の傷跡を指先でなぞってホロ苦い笑みをうかべた。

「あるじの命とあれば、斬りたくもない者も斬らねばならん。斬らねば斬られるのが侍の宿命だからの……」

ぼそりとつぶやくと、茫洋《ぼうよう》とした眼差しを丸窓の外に向けた。

「命は惜しくはないが、侍とは名ばかりの出世と銭に目のくらんだ糞蠅《くそばえ》みたいなやつばかりがのさばっておる」

侍は口をゆがめて吐き捨てた。

「たまには命懸けで斬りおうてみたいような、骨のあるやつに出くわしてみたいが、なかなかそういう剣士には出会わぬよ」

「…………」

剣士というからには、この侍もひとかどの剣士なのだろう。

しかも、命懸けで斬りあってみたいような、骨のある相手に出会ってみたいともいった。

――もしかしたら、この、おひとは、死に場所を探しているのかも知れない。

ふと、そんな気がした。

亡くなったお露の夫は勘定方勤めの、いわゆる算盤侍《そろばんざむらい》だった。

一年中、算盤と帳面に向かいあっているだけで剣術などとはおよそ縁がなく、腰の刀をもてあましているような侍だったたし、まわりの同僚も夫と似たような侍ばかりだった。

――でも、このおひとはちがう……。

なにやら、これまで会ったことのない異質の男を見たような気がした。

「そなたはどこの生まれだ」

ふいに、まじまじと見つめられ、お露はどきりとした。

「越後の、村上でございます」

「ほう。越後女か……どうりで、肌が白いと思うた」

「ま、お口上手《くちじょうず》ですこと……」

「なんの、まだまだ捨てたものではないぞ」

侍はふいに片手をのばし、お露の腕をつかみとると、ぐいと膝前に引き寄せた。

「あ……」

ひしと目を閉じたお露を抱き寄せると、袖の八つ口から差し入れた手で乳房をさぐった。

「………」

お露はぐたりと全身のちからを抜いて、男の胸に顔をうずめた。

「よい乳をしておる。ふくりとしていて、ゆるみがない乳じゃ」

侍の掌は肉が厚く、思いのほかやわらかだった。

「わしは母の乳というものを知らぬ男でな。そのせいか、おなごの乳をいらうていると、こころがなにやらなごむ気がする」

子を産んだことのない、お露の乳房は小ぶりながら、みっしりと張っていて、乳首は熟れたグミの実のような色をしている。

侍はやんわりと乳房をつつみこみ、まるでこわれものでもあつかうように人差し指と中指で乳首を挟み、親指の腹で乳房のふくらみの裾野をやわやわと愛撫する。こんなふうにゆっくりと乳をなぶられたことはこれまで一度もなかった。お露は思わず深い吐息をついて、両膝をくずし、おずおずと侍の首に腕をまわした。

しばらくするうちに、なぶられている乳房の奥が、ずきんと甘くしびれてきた。お露は耐えきれずに腰をよじり、切なげに喘《あえ》いだ。

「ああ、もう、そのようにされますと……」

「いやか……」

「い、いえ……」

「わしはな。どうやら一、二年は江戸暮らしになりそうだが、独り身ゆえ、身のまわりの世話をしてくれるものが欲しい。月に三両の手当てでどうかの」

「え……」

とっさにどういうことか、お露は戸惑った。

身のまわりの世話といえば女中奉公のようだが、月に三両といえば大金である。女中の賃金ではありえない。

どうやら、この侍はお露を江戸妻にでもする気らしいと思った。

江戸妻というのは参勤交代《さんきんこうたい》の武士が町家に仕舞屋《しもたや》を借りて江戸にいるあいだだけ囲い者にすることである。

お露は二十七になる。もう小三十の年増の寡婦である。高望みのできる年ではない。子沢山《こだくさん》の家の後妻に入る煩《わずら》わしさを思うと、囲い者でもかまわないと思う、年相応の胸算用ができる年だった。

「そなたも、いつまでも茶店の女中をしているわけにもいくまい。先行きの暮しには困らぬようにしてやるが、どうじゃな」

「は、はい……」

はじめて会ったにしては強引な誘いようだったが、この侍は女を誑《たぶら》かすような男ではなさそうな気がする。だとしたら、たとえ江戸妻でも、ほんとうに一年で三十六両になるなら、ちいさな小間物屋ぐらいは出せるようになるかも知れない。

――こころが動いた。

「よいか。今日はこのままいぬるが、近いうち、かならず江戸に呼び寄せる」

そう言うと、侍は八つ口からするりと手を抜きとった。

「このようなところで、そなたを抱くのは惜しい。その乳、そなたにあずけておくゆえ、わしが呼ぶまで、ほかの客には指一本ふれさせてはならぬ」

「え……でも、そう、おっしゃられても」

「わかっておる。その分、あるじには金を渡してはなしをつけておこう。そなたは今日から、わしだけの女だ。わかったの」

いきなり、なんとも強引なことをいう。

「なぜか、そなたには今日はじめて会《お》うたような気がせぬ」

侍は目に笑みをにじませている。

お露はまだ、侍の心情を忖度《そんたく》しかねていた。

「あの……せめて、お名前だけでも教えてくださいませ」

「よいとも、わしは柘植《つげ》杏平《きょうへい》ともうす」

「柘植……杏平さま」

「ふふ、わしは赤子のときに寺の境内《けいだい》にある銀杏《いちょう》の木の下に捨てられていたそうでな。拾うてくれた住職が銀杏の木にちなんで杏平と名付けてくれたのよ」

侍は淡々として言ってのけた。

――捨て子……。

まさかと思ったが、柘植杏平はそんなお露の胸中を見透かしたようにニヤリとした。

「嘘ではないぞ」

「い、いえ、そのような……」

「そなたも、わしの問いに包み隠さず答えてくれたゆえ、わしも言わずもがなのことをもうしたまでだ」

「は、はい……」

「そなたを呼び寄せるときは文《ふみ》で知らせるゆえ、かならず、参れよ」

「え、ええ……」

ためらいながら、うなずいた瞬間、なぜか、お露は底の見えない深淵をのぞいたような気がした。

――堕《お》ちる……。

ふと、そんな予感がした。

五

そのころ……。

店の小座敷でときならぬ狼藉《ろうぜき》が起きていた。

したたかに酒に食らい酔った二人連れの武士が、酌取りに出ていたおちかという女中を二人がかりでおさえこんで、丸裸にひんむこうとしていたのだ。

その日はあいにく、ほかに手のあいている女中がいないため、おちかが一人で酌取りに出たのが気にいらなかったのか、それとも嗜虐《しぎゃく》の好みがある武士だったのかはわからない。

しばらく酒の相手をしているうちに、いきなり一人がおちかを背後から羽交《はが》い締《じ》めにし、もう一人がおちかの帯を力まかせにひんむいて、力ずくでおさえこみにかかったのだ。

「あぁっ、そんな！　な、なにすんですか」

「こやつ、おとなしくせんか。べつにとって食おうというわけじゃない。ふたりでたっぷりと可愛がってやろうともうしておるのよ」

「そうそう、ひとりに抱かれるより、ふたりに可愛がられるほうがおもしろかろうが」

懸命にもがくおちかの両足を一人がおさえつけ、もう一人が肌襦袢《はだジュバン》をおしはだけると、乳房を鷲《わし》づかみにしたまま股間を割りにかかった。

「や、やめて！　あ、あ、そんな……」

おちかは腰をよじり、膝で男の股倉を蹴りつけた。

「ううっ」

急所を蹴られ、思わずおさえつけていた足首から手を離した隙におちかは足をおさえつけていた侍の顔を思いきり蹴飛ばした。

「こ、こやつ……」

鼻を蹴られて侍がのけぞっているあいだに、おちかは戸障子に体当たりするなり、土間にころがり落ちた。

そのまま、おちかは裸足《はだし》のまま庭に逃げ出すと、梅林のなかの四阿屋に向かって走った。

六

「なにか、あったのでしょうか……」

母屋《おもや》の騒ぎを耳にし、お露が不安そうに腰を浮かしたときである。庭に面した四阿屋の障子戸を押し倒し、肌襦袢に赤い湯文字《ゆもじ》だけのおちかが裸足でころがりこんできた。

肌襦袢は引き裂かれ、湯文字の前もはだけたままの無惨な格好だった。

「おちかさん……」

「た、たすけて、おつゆさん！」

お露の胸におちかかがすがりついてきた。

母屋のほうから抜き身の刀を手にした侍が、千鳥足《ちどりあし》でふらふらと四阿屋のほうにやってくるのが見えた。

足袋跣足《はだし》のままだが、三つ紋つきの絹服をつけているところを見ると、それなりに身分のある武士のようだった。

大酔しているらしく、目は赤く濁り、着物の襟も、裾前もだらしなくはだけている。

そのうしろから、連れらしい武士も刀を手にして足袋跣足のままでついてくる。

「柘植さま……」

お露はおちかをかばいながら、柘植杏平のほうをふりむいたが、柘植はあいかわらず、どっかとあぐらをかいたまま、平然と盃をかたむけている。

千鳥足の武士は女を追って四阿屋のなかに踏みこもうとしたが、部屋のなかの柘植に気づいて、一瞬、ためらった。

しかし、騎虎《きこ》の勢いというものだろう。足袋跣足のまま、声もかけずに、ずかずかと室内に踏みこんできた。

その瞬間、それまで平然と酒を飲んでいた柘植杏平が盃を侵入者の面体に投げつけた。

「うわっ！」

もろに眉間《みけん》に盃をたたきつけられ、たたらを踏んだ武士は割られた眉間からしたたった血が目に入り、鼻や口までも濡らした。

「おのれっ！」

血を見て逆上した武士が、わめきながら柘植杏平に斬りつけようとしたときである。

あぐらをかいていた柘植杏平が片膝ついて背後の刀架けから大刀をつかみとるや、踏みこんできた武士を抜く手も見せず肩口から袈裟《けさ》がけに斬りさげた。

血しぶきが噴水のように天井に噴きあがり、肩から腰のあたりまで斬り割られた武士が声をあげる暇もなく、どさりと突っ伏した。

「お、おのれっ」

それを見た同輩の武士が、刀を抜きはなって飛びこんできた。

——転瞬。

柘植杏平の刃《やいば》が一閃《いっせん》した。

お露の目の前で、胴をまっぷたつに両断された武士が下半身を置き去りにしたまま虚空をつかむと、血しぶきを噴出させて壁の丸窓に突っ込んでいった。

お露はひしと目を閉じると、おちかを抱きしめたまま部屋の隅で震えていた。

おちかはどたりと両足を投げ出し、目の前の死体を見つめたきり、身じろぎもしなかった。

あとを追ってきた店主や女中たちは立ちすくんだまま、石のように固まってしまっている。

柘植杏平はなにごともなかったかのように、落ち着いて刀の血糊《ちのり》を懐紙《かいし》でぬぐいとると、四阿屋の戸前口で棒立ちになっている茶店の主人に声をかけた。

「案じることはない。武士の部屋に断りもなく抜き身の刀を手に踏みこんできた狂い者を無礼討ちにしたまでのことだ」

血糊をぬぐった刀を鞘《さや》に収めると、また大あぐらをかいて苦笑しながら、店主に顎《あご》をしゃくってみせた。

「だれぞに役人を呼びにやるがよい。わしは尾州《びしゅう》の柘植杏平ともうす者だ。逃げも隠れもせぬよ」

「は……はい。た、ただいま……」

店主は腰が抜けたらしく、地べたにへたりこんだままガタガタと震えていた。

見ていた女中たちも口を金魚のようにぱくぱくさせたまま、しゃがみこんでいた。

なかには恐怖のあまり、小便を漏らしてしまった女もいる。

お露は瞬きもせず、柘植杏平を見つめていた。

いま、起きた一瞬の惨劇が、白昼のまぼろしとしか思えなかった。

# 第一章　巡り会い

一

神谷平蔵《かみやへいぞう》は東向きの連子窓《れんじまど》の障子にさしかける、陽光のまぶしさに目がさめた。

陽射しの明るさからすると、明け六つ（午前六時）はとうに過ぎているだろう。

どうやら六つ半（七時）ごろか……。

軒端《のきば》の雀《すずめ》がにぎやかに囀《さえず》っている。

掻巻《かいまき》布団のなかには新妻の波津《はつ》の残り香がこもっていたが、とうに起き出して、いつものように店の手伝いにいったらしい。

部屋の隅に置いてある行李《こうり》のなかには、波津が身につけていた白い寝衣が几帳《きちよう》面《めん》に畳んで置かれている。

平蔵と波津は、今年の一月はじめの大火で、神田《かんだ》竪大工町《たてだいくちよう》の長屋から焼け出されてしまったが、この両国の料理茶屋『味楽《みらく》』にころがりこんだまま、いまだにずうずうしく居候《いそうろう》をきめこんで三ヶ月あまりになる。

かねてから昵懇《じっこん》の仲だった『味楽』の主人・茂庭十内《もにわじゅうない》は、

――ここを、わが家と思って気楽になさってください。

と言って、中庭の奥にある離れ部屋をふたりに提供してくれたのだ。

十内がいずれは自分の隠居部屋にしようと建てたものだけに、八畳と六畳のふた部屋のほかに、渡り廊下の端に内厠《うちかわや》までついている。

長屋住まいはどこでも共同の惣後架《そうこうか》になっていて、男が小便に使う木製の朝顔型の便器がある厠と、大小便併用の雪隠《せっちん》の二口が一組になってもうけられている。

――江戸五十目《め》坪《つぼ》に二《に》疋建《ひきだて》。

と、川柳《せんりゅう》にもあるように、五十坪ほどの長屋に一組の惣後架があり、雪隠のほうは扉がついているものもあるが、しゃがんでも外から頭が見えるほど丈が低いし、裾も二寸ほどあいているから、足や尻も外から見えてしまう。

二疋建とは雪隠が二口一組になっていることをいう。

べつに板をけちっているわけではなく、中でだれかが用を足しているとき、外から扉をあけたりしないための用心だったが、波津がもっとも苦にしていたのが、この長屋の惣後架だった。

真冬、空《から》っ風が吹いている夜、わざわざ表に出て厠にいくのは男でもうんざりするが、ましてや女は気おくれするものだ。

内厠があれば夜中でも、外に出ていかなくても用が足せる。

このことが味楽に居候するようになってからの波津にとっては、なによりの喜びだったようだ。

おまけに料理茶屋だけに三度の飯までタダという、まさにいたれりつくせりの客分あつかいだった。

とはいうものの、居候は居候である。

――すこしは店の手伝いでもしなければ申しわけがありませぬ。

そう言って、波津は朝から店が仕舞う五つ半（午後九時）ごろまで、十内の娘のお甲《こう》とともに、まめまめしく店の仕事を手伝っている。

料理茶屋というのは朝の市場の仕込みから閉店後の後片付けまで、ほとんど休む間がないほど多忙をきわめる。

十内やお甲は「せめて夜ぐらいは平蔵さまとごいっしょに過ごすようにしてください」と恐縮しているが、波津は「わたしはこうして動いているほうが好きな性分なのです」と笑って、日々きりきりと立ち働いている。

波津は台所仕事はむろん、算盤や帳づけもできるから、今ではお甲をはじめ店の板前や女中たちからも頼りにされるようになっていた。

もともと波津は生まれ故郷の九十九《つくも》の里にいたころから、一日中休む間もなく立ち働くことが身についている女だった。

二

波津の父親の曲官兵衛《まがりかんべえ》は無外流《むがいりゅう》の剣客で、かつては岳崗《たけおか》藩主の剣術指南役をしていたが、いまは郷士として岳崗藩の東南部にある九十九郷を束ねている。

平蔵は一昨年の夏、余儀ない事情から江戸を離れることになり、恩師・佐治《さじ》一竿斎《いっかんさい》とはかねてから昵懇《じっこん》の仲だった曲官兵衛の屋敷に居候することになった。

曲家はかつて夜叉神族《やしゃがみぞく》と呼ばれた狩人の民を束ねる頭領の家柄で、波津はその官兵衛の一粒種だった。

日頃から化粧もせず、男のように素っ裸で川に飛びこんだり、馬に跨《また》がって山野を駆けまわる波津を、はじめのうちは奇異な目で見ていた平蔵も、いつしか波津に江戸の女たちにはない、野性のすこやかな魅力をおぼえるようになった。

いっぽう波津のほうも平蔵の身のまわりの世話をしているうちに、窮屈な武家の枠組みにとらわれず、思うがままに生きている平蔵にこころを惹《ひ》かれるようになっていた。

去年の夏、ふたりは九十九川の蛍火《ほたるび》に誘われるかのように、男女の堰《せき》を越えてしまった。

本来なら波津は婿《むこ》をとって曲家を継ぐべきところだが、官兵衛は「そのような斟酌《しんしゃく》は一切無用、波津を他家の嫁に出すのにためらうことなど何ひとつありはせん」と迷いもなく、そう言い切って、二人の仲を祝福してくれた。

事実、波津は十七のとき、藩の上士に嫁いだことがあるが、姑女《しゅうとめ》との折り合いが悪く、ふた月とたたずにみずから飛び出してきてしまった、いわば出戻りだった。

平蔵は徳川家の譜代旗本の次男に生まれたが、父の遺言で医師をしていた叔父の神谷夕斎《せきさい》の養子に出された。

武家の跡目は長子相続がきまりで、次男以下は他家の養子に出されるのが宿命である。

ただ平蔵は、生来、学問より剣術のほうが性にあっていたらしく、幼いころから鐘捲流《かねまきりゅう》の達人・佐治一竿斎の道場に通い、十九歳のときに免許皆伝を授けられ、剣士の道を歩もうとしていた。

しかし、父の遺言には逆らえず、やむなく養父の夕斎について医学の研鑽《けんさん》に励むことになった。

ところが間もなく、夕斎が東国の磐根《いわね》藩から藩医として招かれたため、平蔵も養父にしたがい磐根に同行することになった。

藩では平蔵に流行《はやり》の阿蘭陀《おらんだ》医学を学ばせようと、藩費をあたえて長崎に留学させてくれた。

藩と養父からの仕送りもあって、小遣《こづか》いに不自由しない平蔵は、若気のいたりで勉学よりも、むしろ遊学にどっぷり浸っていたところ、養父の夕斎が藩内の権力争いの内紛に巻きこまれてしまい、あえなく憤死したという訃報《ふほう》が届いたのである。

平蔵はすぐさま磐根にもどり、養父の仇討《あだう》ちを果たしたのち、ふたたび江戸にもどり、やむなく生家の居候になったが、いつまでも兄の家で居候をしているわけにはいかない。

なんとか自立しようと決心して生家を出た平蔵は、神田の裏長屋に居をかまえ、町医者の看板をかかげたものの、患者はその日暮らしの者ばかりで、一人口を養うのがやっとというありさまだった。

三

——このままではどうともならん……。

平蔵は思案したあげく、佐治道場の剣術仲間で、幼馴染《おさななじ》みでもある親友の矢部《やべ》伝八郎《でんぱちろう》と、妻女の出産を手がけたのが縁で知己となった、無外流剣士の井手《いで》甚内《じんない》とともに三人で剣道場をひらこうと相談した。

おりよく小網町《こあみちょう》に剣道場の売り物を見つけた三人はなけなしの金を出しあって、ようやく買い求め、年輩の井手甚内を師範にして道場をひらくことができた。

町医者のほうは相も変わらず診察代や薬代も取りっぱぐれることが多かったが、道場のほうは磐根藩の肝煎《きもい》りで、江戸屋敷への出稽古という副業にありついて、なんとかつぶれずにもちこたえている。

ただ、平蔵はもちまえの性分で、ときおり損得ぬきの刃傷沙汰《にんじょうざた》に巻きこまれてしまう。

そのくせ女出入りのほうは忙しく、伝八郎は「どうして、きさまだけがいい思いばかりするのだ」とむくれていた。

伝八郎は銭に吝《しわ》いのと、年中、女ひでりでもてないのが玉に瑕《きず》の男だが、人柄は無類にいい。

ただ、ちょいと見た目のいい女にぶつかると、すぐに、だぼ鯊《はぜ》みたいに見境もなく飛びつこうとするから、女のほうが引け腰になって逃げてしまう。

ところが、その伝八郎にも、ようやく遅まきながら春が訪れた。

去年の暮れ、育代《いくよ》という一女二男の子連れの寡婦《かふ》を妻にし、いまは道場の母屋を住まいにして、けっこう仲睦《なかむつ》まじく暮らしている。

育代は松代《まつしろ》藩の勘定方組頭をしていた島田圭次郎《しまだけいじろう》に嫁いだものの、上司の不正を咎《とが》めた夫の島田圭次郎が、逆に上司に帳簿を改竄《かいざん》されてしまい、藩を追われる羽目になった。

やむなく夫婦ともども江戸に出てきて、育代の縫い物の手内職で暮らしていたところ、去年の春、夫の島田圭次郎が本所《ほんじょ》の［置いてけ堀］で何者かに斬殺されてしまった。

寡婦となった育代は三人の幼児をかかえ、涙の乾く暇もなく、懸命に茶屋女をして暮らしをささえていたとき、伝八郎と知り合い、再婚に踏みきったのだ。

くわしいいきさつは知らないが、どうせ伝八郎の一途な求愛にほだされ、育代のほうが押し切られたにきまっている。

これまで過酷な運命に翻弄《ほんろう》されてきただけに、育代にはどこか寂しい影がまつわりついてはいるが、武家の出だけに立ち居振る舞いにも品があるし、年増ながらなかなかの器量よしでもある。

伝八郎は佐治道場で平蔵とともに龍虎といわれていただけに、剣術のほうは折り紙つきだが、金銭にはとんと無頓着《むとんちゃく》きわまりないうえ、何事にも猪突猛進《ちょとつもうしん》する男だ。

伝八郎のような男には世間知らずな良家の女よりも、三人の子連れの寡婦《やもめ》とはいえ、育代のようなしっかり者の女房のほうがあっているのではないかと、平蔵は内心、ふたりの仲を祝福している。

四

風薫《かお》る季節の朝寝も心地よいものだが、いつまでもごろごろしているわけにもいかない。

平蔵は波津の残り香がしみついた掻巻からのそのそと這い出すと、離れの前に置いてある水甕《みずがめ》から小盥《こだらい》に水を汲み入れて、じゃぶじゃぶと冷水で顔を洗った。

縁側に敷いた莚《むしろ》に天日干しにした薬草が半乾きになっている。

このところ平蔵は、ほぼ毎日、薬草採りに出かけている。

居候の身では医者の看板をあげるわけにもいかないし、かといって一日昼寝しているのも気がひけるし、足腰もなまる。

――数日前、縁側でぼんやりしていたら、中庭の金木犀《きんもくせい》の葉陰にクコの若木が芽吹いているのが目にとまった。

クコは夏、淡紫色の花を咲かせ、赤い実をつける。実が熟れるのを待って焼酎《しょうちゅう》に漬けこむとクコ酒になる。

クコ酒はべつにうまいものではないが、滋養強壮にはむかしから効能があるといわれている。

しかも、若葉は茹《ゆ》でるとおひたしになるし、天日で干せば解熱にも卓効がある。

だれかが植えたものとは思えないが、おおかた実をついばんだ鳥が糞といっしょに種を落として自生したものだろう。

――そうか……。

ふいに、平蔵は豁然《かつぜん》と目覚めた。

いまや時は初夏、薬草採りにはもってこいの季節ではないか。

膝小僧をかかえてぼんやり無為に過ごしているくらいなら、郊外に足を運んで薬草摘みに出かけるほうがずんとましだ。

おまけに、すこしなまってきた足腰の鍛錬にもなる。

そう一念発起し、このところ連日、薬草採りに遠出をしている。

なかなか思うようには採れないが、それでも居候のかっこうの憂さ晴らしにはなっている。

縁側の莚に天日干しにしてある薬草は、その成果だった。

――さてと……。

今日はどのあたりまで足をのばしてみるかなと思案しながら、居間がわりに使っている八畳間に用意された箱膳の前にあぐらをかいて、もそもそと朝飯を食いはじめた。

お櫃《ひつ》のなかの飯はすこし冷めていたが『味楽』は料理茶屋だけにいい米を使っているし、豆腐と葱《ねぎ》の味噌汁《みそしる》に、目刺《めざ》しと沢庵《たくあん》漬けの菜までついた朝飯は文句のつけようがないくらいうまい。

お櫃を引き寄せ、二杯目を茶碗によそっていると、カタカタと下駄の足音がして波津が廊下から入ってきた。

「あらあら、いまごろお目覚めですか」

「うむ。なにせ、ゆうべは寝つくのが遅かったからな」

飯を口に運びながら笑った。

まだ婚して半年にしかならないが、なにせ波津は九十九の山野を馬で駆けまわり、素っ裸になって川で泳いでいたような野性の女だけに足腰もたくましく、房事にも平蔵をたじろがせるほど大胆だった。

おかげで、昨夜も寝ついたのは深夜過ぎになってしまった。

「ま……存じませぬ」

波津は顔を赤らめて目をそらすと、急いで寝間がわりにしている隣の六畳間に駆けこみ、敷きっぱなしの布団をあげにかかった。

赤い蹴出しの裾からむきだしになった白く太い脹《ふく》ら脛《はぎ》が、いまにもはちきれそうだった。

波津は幼いころから父の官兵衛に「おなごでも、おのれの身を守る術《すべ》ぐらいは身につけておかねばならぬ」といわれて剣の修行に励んできただけに、四肢の筋肉もなまじな男よりもひきしまっていた。

それが婚してからは、いつの間にか女の脂がみっしりのってきて、このところ手足や腰まわりも、ふっくらとまるみを帯びてきている。

「おい。それはそうと、まだ兆《きざ》しはないのか」

「え……」

「これだよ、こっちのほう……」

箸をもった手で腹のあたりに、手鞠《てまり》のような弧を描いてみせた。

「そろそろ、こう、ふくらんできてもよいころだと思うがな」

「ま、なにも、朝からそのような……」

波津が赤くなって睨《にら》んだ。

「べつに人に聞かれて困ることではあるまい」

「それは、そうですけれど……」

「なにも、子造りのために励んでいるというわけじゃないにしろだぞ。いまだにウンでもなきゃ、スンでもないというのは、ちとおかしいと思わんか。ン」

「…………」

波津はちょっと口ごもったが、すぐに肩をすくめてくすっと笑った。

「それは、もしかしたら平蔵さまのせいではありませぬか」

「なに……」

「ほら、過ぎたるはなんとやらともうしますもの」

さらりと、そう言い返し、くるっと背を向けて敷き布団を三つ折りに畳みにかかった。

「おい。それはなかろう、それは……」

平蔵、ここは一言あってしかるべきだと反論した。

「それじゃ、まるでおれだけが好き者みたいに聞こえるぞ。おまえのゆうべの囀りかたときたら母屋にまで聞こえそうだったがな」

「ま……」

いきなり波津が耳朶まで真っ赤にして駆け寄り、平蔵の口をふさぎにかかった。その腕を手繰《たぐ》り寄せた平蔵は、波津の腰をひょいとすくいあげると、あぐらのなかにかかえこみ、口を吸いつけた。

「あ……」

両腕をつっぱってもがいていた波津の躰が、すぐに海鼠《なまこ》のようにぐにゃりとなって息をはずませた。平蔵は口を吸いつけながら、八つ口から手をもぐりこませ、ふくりと弾むものをさぐりあてた。

「い、いけませぬ……」

さすがに波津はあわてて平蔵の手をもぎはなして逃れた。

「すこしは人目ということも考えてくださいまし……」

急いで乱れた裾前を直しつつ、ツンと澄まし顔になって、平蔵を睨みつけた。

「今日も草むしりにお出かけなんでしょう。早くなさらないと遅くなってしまいますよ」

ぴしゃりときめつけると、くるっと背を向け、急いで布団を押し入れのなかにしまい、もう一度、平蔵のほうを見て、口に袖をあてがい、くすっと忍び笑いしてみせた。

「こいつ、草むしりとはなんだ」

睨みつけたが、波津は涼しい顔でくるっと背を向けると、丸い臀《しり》をふりたてながら小走りに部屋を出ていってしまった。

――ふっ、半年前とはえらいちがいようだな……。

平蔵、思わず苦笑した。

波津と婚してから、ざっと半年、わりない仲になってからは十ヶ月近くになる。

九十九の山里にいたころは「平蔵さまとごいっしょにいられるなら、たとえ、駆け落ちすることになってもかまいませぬ」などと甘ったるいことを囀っていたのが、いまでは「早く出かけろ」とさっさと追い出しにかかる。

――女子《おなご》は三度化ける。

義父の曲官兵衛がそう言ったことを思い出した。

――子供のころは男も女子もないが、股倉にぽよよと若草が生え、乳がこんもりふくらんでくると女子に化ける。あとはどんな男に巡り会うかで、また良くも悪くも化ける……。

義父の官兵衛は歯に衣着《きぬき》せずものをいう剛直のひとである。

――あれは、なまじな男では乗りこなせぬジャジャ馬じゃ。あれを乗りこなせるのは平蔵ぐらいのものであろうよ。

そう言って、祝福してくれたが、

――ただし、子を産んだあとの女は見ちがえるように強くなるゆえ、せいぜいキンタマを蹴られぬようにすることだの。

ピシリと釘をさして、カラカラと笑いとばした。

どうやら女が三度目に化けるのは子産みのあとということらしい。

波津はいまでも十二分に気が強い女子である。

――波津が子を産めば、おれのキンタマを蹴りかねんな。

急いで草むしりに出かけることにした。

五

――おお、これは……。

平蔵は駒込《こまごめ》にある吉祥寺《きつしようじ》東側の木陰に生い茂る雑草のなかに翁草《おきなぐさ》が群生しているのを発見した。

――これだけあれば腹病《はらや》みの患者の五十人や六十人は治せる……。

そう思うと、いつもより足をのばして遠出をしてきたが、その甲斐《かい》があったというものだ。

翁草は漢方で「白頭翁《はくとうおう》」と呼ばれる菊科の多年草で、刈りとった根を天日で乾燥させたものを煎じて飲ませると整腸作用、下痢《げり》止め、便秘などに卓効があって、常用すれば内臓を丈夫にする。

町医者にとっては欠かせない常備薬のひとつである。

高価なものではないが、診察料はもとより、薬代もろくすっぽ払えない患者が多い下町の医者にとっては、貴重な薬でもあった。

いま、翁草は花期がおわるところで、薬草に使うには夏の土用のころに採取して、天日で干すのがもっともいい。

平蔵は懐に入れてきた江戸市中案内図をとりだし、後日のこころおぼえのために、群生場所と日付を筆でしたためておいた。

もう四つ(午前十時)はとうに過ぎている。

四月の馬鹿陽気で、菅笠《すげがさ》をかぶってきたが、こめかみから汗がとめどなく噴き出してくる。

菅笠を脱ぎ、手拭いで汗をぬぐうと、腰に吊るしてきた瓢簞《ひょうたん》をはずして水を飲みながら、翁草が群生している一帯を見渡した。

そのとき、畦道《あぜみち》のほうから草むらを踏みしめて、一人の四十年輩らしい男が達者な足取りで近づいてきた。

ひょろりとした長身痩軀《そうく》で、百姓にしては眼光が炯々《けいけい》としていて、人を射すくめるように鋭い。

頭を青々と丸坊主に剃りあげ、紺の筒袖に、膝の下を紐でくくった半袴のようなものをつけ、脚絆《きゃはん》に藁草履《わらぞうり》という身なりだった。

「そこで、なにをなされておるのかな……」

野太いが、穏やかな声だった。

「どうやら、翁草を見ておられたようだが」

「さよう。薬草摘みに出向いてきたところ、ここではからずも、見事な翁草の群生を見つけ、つい見とれていたところでござる」

「ほう、薬草摘みというと……もしや、医者をなされておるのかな」

「いかにも、それがし、神谷平蔵ともうす町医者にござる」

「ふう。町医者にしては、ちと、ものものしい身なりのようだが」

「は、いや、これはどうも……」

平蔵、目をしばたいて苦笑した。

平蔵は波津が縫ってくれた木綿の筒袖と、足首を細くしぼった軽衫《かるさん》袴、素足に草鞋《わらじ》履きという軽装だった。だが、ものものしいと見られたのも道理、町医者には不似合いなソボロ助広《すけひろ》の大刀と、肥前忠吉《ひぜんただよし》の脇差しを腰にしていたからだろう。助広は剣の師である佐治一竿斎から賜《たまわ》ったもので、肥前忠吉は亡き父の形見である。

「どうやら、この腰の物がお目にとまったようですが、いずれも恩師と亡き父から贈られた品でしてな。医者には不用の品ですが、なかなか手放せませぬ」

「ははぁ、そなた、武家の出か……」

納得したように男はおおきくうなずいた。

「わしは小川笙船《おがわしょうせん》ともうして、お手前とおなじく、この先の伝通院《でんずういん》の近くで医者をしておりましてな。いわばご同業、または商売敵《がたき》とも言える。ふふふ」

気さくに笑ってみせた。

「ただし一向に儲《もう》からん貧乏医者で、こうして百姓から畑を借りて薬草を栽培し、薬代のかかりをケチっておりますのじゃ」

「お、それでは、この翁草も、お手前が栽培された……」

「なんの、気になされるな。べつに手入れしているわけではなし、だいたいが薬草というのは根が野草の仲間での。刈りとっても春になればいくらでも芽吹いてくる性の強い草でしてな」

茫洋《ぼうよう》とした眼差しを草むらに泳がせた。

「この翁草も、べつにわしが手塩にかけたわけでもなし、万物はすべてが天の恵み、だれが摘もうとかまいませぬよ」

小川笙船はこともなげに言うと、手招きした。

「ま、ま、こちらにござれ」

# 第二章　奇人医者

一

小川笙船は翁草が群生している場所からすこし離れた吉祥寺の森の山裾まで行くと、くるりとふりかえった。

「ほれ、ここはイタドリがよう育つところでな。もう、だいぶんに伸びてきておる」

「おお、これはこれは……」

平蔵は思わず目をかがやかせた。生い茂る雑草のなかから赤紫色のイタドリがタケノコのようにむくむくと芽吹いていた。

「よければ、いくらでも採って帰られよ。湯がいて酢味噌《すみそ》で和《あ》えるとちょいとした酒の肴《さかな》にもなりますぞ」

「これは、かたじけない……」

平蔵、しゃがみこんで一本のイタドリを折りとると薄皮をむいて試食してみた。しゃきしゃきしたイタドリの茎はみずみずしく、すこし酸味があるが、歯ざわりもよく、野性の風味がある。

「うむ、これはうまい」

平蔵はついでに五、六本、折りとって腰にさげた籠《かご》に入れた。

「イタドリだけではなく、このあたりは薬草の宝庫でな。ちょいと向こうの土手には連銭草《れんせんそう》もよう生える」

小川笙船はイタドリを摘んでいる平蔵を見おろしながら、彼方《かなた》の畦道《あぜみち》を指さした。

「ほう、連銭草ですか……それは重宝ですな」

連銭草は疳取草《かんとりそう》ともいわれ、子供の疳の虫に効能がある。

「さよう。連銭草は疳の虫にも効くが、またの名をカキドオシともいう。ご存じかな」

笙船は茶目っ気たっぷりに片目をつぶって見せた。

「ふふふ、ま、そなたには無用だろうが、五十も半ばを過ぎて房事《ぼうじ》のとき、竿《さお》が中折れするようになった男には、この連銭草をじっくり漬けこんだ焼酎《しょうちゅう》を飲ませると、ご内儀が泣いて喜ぶようになりますぞ」

「は……」

「いや、ま、べつに相手がご内儀でのうてもかまわんがの」

「ははあ……満天飛龍《まんてんひりゅう》や鹿茸《ろくじょう》のようなものですな」

「あのような高貴薬は試したこともないが、連銭草の秘酒がよう効くことはたしかじゃ」

「満天飛龍」や「鹿茸」は強壮薬として知られているが、問屋の仕入れ値も高く、平蔵はあつかったことがない。どうやら連銭草の秘酒は、それらの高貴薬に匹敵するほどの強精効能があるらしい。

「笙船どのも試してみられましたか」

「なんの、わしの竿はまだまだ壮健、そこまで老いてはおらぬわ」

「これは、失礼……」

「ふふふ……」

この小川笙船という町医者、初めはとっつきにくい男に見えたが、なかなかどうして洒落《しゃれ》っ気のあるおもしろい男のようだ。

「ほかにも薬草なら、うちにたんとある。よければさしあげるが……」

「おお、それはかたじけない」

平蔵が腰をのばして立ちあがったとき、吉祥寺前の街道から七、八人の男がこっちに向かってくるのが見えた。

どいつもこいつも居丈高《いたけだか》に肩をいからせ、素足に雪駄《せった》をつっかけた遊び人らしい風体をしている。どうやら匕首《あいくち》でも呑んでいるらしく、懐《ふところ》に片手を突っ込んでいる。

ひと目見ただけで、それとわかる、弱いものの生き血を吸う町のダニ、破落戸《ごろつき》の手合いだった。

二

「ははぁ、どうやら因幡屋《いなばや》のまわしものらしいの」

小川笙船が眉をひそめ、ぼそりとつぶやいた。

「何者です。その因幡屋というのは……」

「なに、高利貸しと淫売宿で、しこたま稼いでいる阿漕《あこぎ》な男でな」

笙船は口をひん曲げて吐き捨てた。

「病《やま》いもちの娼妓《おんな》にも平気で客をとらせているのをやめさせようとしたが、一向に聞かぬので奉行所に訴えたのが気にくわんようだの」

「ははぁ、その仕返しですか……」

平蔵、うなずくと腰から薬草の籠をはずして、ずいと前に出た。

「な、なんでぇ。てめぇは……」

立ちふさがった二本差しの平蔵を見て、さすがに破落戸どもも一瞬たじろいだらしく、顔を見合わせた。

「ようよう。どこのお侍さんか知らねぇが、こちとらはそこの藪医者《やぶいしゃ》に用があるんだ。そこをどいてくんな」

頬に傷のある凶悪な人相をした男が、袖を肩までまくりあげながら目を怒らせた。

「つまらねぇ邪魔だてすると、いてぇめにあうぜ」

「そうはいかんな」

平蔵は腰のソボロ助広を抜きはなって峰を返すと、破落戸どもの前に立ちはだかった。

「おれはこの笙船どのの用心棒だ。手出しをすると容赦はせんぞ」

「なにぃ……」

一瞬、たじろいだが、すぐさま居丈高に吠えたてた。

「けっ、医者が用心棒を雇うなんてはなしは聞いたことがねぇや。笑わせんじゃねぇ」

「おう、かまうこたぁねぇ。やっちまえ！」

「そうよ。たかが食いっぱぐれのサンピンくずれが怖くて、おとなしくすっこむとでも思ってやがるのか」

頬傷の男が懐に呑んでいた匕首の鞘《さや》をはらうと柄《つか》を両手で握りしめ、まっしぐらに突っ込んできた。

平蔵はその出鼻を足がらみにかけ、たたらを踏んでつんのめった男の手首に峰打ちをたたきつけた。

べしっと骨の折れる鈍い音がした。

「ぎゃっ……」

男は匕首を投げ出し、ぐにゃりとひん曲がった右手を胸にかかえこむと、四つん這いになって草むらをころがりながら、手足をバタつかせて悲鳴をあげた。

それを見て、破落戸どもはひるんだが、このままではすっこめないとばかりに目を怒らせ、横合いから匕首を手に突っ込んできた。

その男の肩口に、平蔵は容赦のない峰打ちをたたきつけた。

「げえっ……」

男は苦悶の叫び声をあげ、匕首を投げ出すと、雑草の茂みにぶっ倒れ、のたうちまわった。

そのあいだに平蔵の背後にまわりこもうとした二人の男の行く手を遮《さえぎ》りざま、一人を足払いにかけ、もう一人の男の背中に強烈な峰打ちを食らわせた。

「ぎゃっ！」

蛙《かえる》が踏みつぶされたような悲鳴をあげて、翁草の茂みに突っ込んだ男が身じろぎもしなくなったのを見て、いっせいにドドッと後すざりした破落戸どもに、平蔵は凄まじい一喝を浴びせた。

「そのまま動くなっ。一歩でも動いてみろ。容赦なく斬り捨てる」

刃をもどした切っ先をぐいと突きつけると、破落戸どもは固唾《かたず》を呑んで棒立ちになった。

「いいか、きさまらのような蛆虫《うじむし》どもは残らず斬り捨てても、お上《かみ》からは一切お咎《とが》めなどない」

「な、なにぃ……」

「よくも、ぬかしやがったな」

屁《へ》っぴり腰で吠えたてた。

「あとで泣きっつらをかくなよ」

「ふふふ、口だけは達者なもんだな」

平蔵、じろりと破落戸どもを見渡した。

「きさまらはむろんのこと、きさまらを雇っている因幡屋は叩けばいくらでもホコリが出てくる悪党だろうが」

「な、なんだと……」

「どうせ、きさまらは博奕《ばくち》に恐喝《かつあげ》、強請《ゆすり》たかりは朝飯前、人の生き血を吸って生きているダニみたいなもんだろう。ひとり残らずたたっ斬ったところで、どこからも苦情など出る気遣《きづか》いなどありはせぬ」

平蔵は一気呵成《いっきかせい》にたたみこんだ。

「こう見えても、おれは八丁堀《はっちょうぼり》の同心や与力とはごく親しい仲でな。今後、この笙船どのにもしものことがあったら、因幡屋もろともきさまらを数珠《じゅず》つなぎにして伝馬町《てんまちょう》送りにしてやる。わかったか！」

平蔵の啖呵《たんか》に毒気を抜かれたか、破落戸どもが生唾《なまつば》呑んで、石の地蔵みたいに固まってしまった。

「伝馬町の吟味《ぎんみ》は生半可《なまはんか》なもんじゃないぞ。石抱きに水漬け、逆さ吊り、半死半生の生き地獄でやすみなく責め問いにされる」

冷ややかな目で破落戸どもを睨《にら》みつけた。

「そのあげく、きさまらのような穀《ごく》つぶしは、まず島流しぐらいですめばよし、下手《へた》をすれば打ち首だろうよ」

存分に脅しつけておいてから、平蔵はゆっくりと抜き身の助広を鞘に収めた。

「ま、今日のところは笠船どのも無事だったゆえ大目に見てやる」

草むらでのたうちまわっている仲間を目でしゃくり、

「そいつらをかついで、とっとと消えうせろ！」

一喝され、ゴクンと生唾を飲んだ破落戸どもは、しばらくしてようやく金縛りがとけたように、あわてて草むらで悲鳴をあげてのたうちまわっている仲間を肩にかつぐと、我先に退散していった。

——おれも、ずいぶんと柄《がら》が悪くなったもんだ……。

平蔵、思わず苦笑したが、笙船は上機嫌で手をたたいた。

「なんとも鮮やかなものだ。なにせ、ああいう手合いは事を穏便にすまそうとすると逆につけこんでくるものでしてな。しょっぱなにガツンとかますのが一番……」

「いやいや、下町暮らしをしていると、だんだん品下《ひん》がってくるらしく、お見苦しいところをお目にかけました」

「なんのなんの。芝居小屋の立役者の舞台を見ているようで、胸がすきっと晴れましたぞ。もし神谷どのがおられなんだら、いまごろ、わしは袋だたきになっていたところだ」

笙船は上機嫌で笑みくずれた。

「これは用心棒代をたっぷり払わねばなりませんな」

「なに、翁草をいただければ充分というものです」

「いやいや、それではわしの気がすまぬ。三年もののカキドオシの秘蔵酒をさしあげるゆえ、ご内儀の土産《みやげ》になされ」

「は、い、いや、それは……」

「なに、遠慮は無用じゃ」

三

小川笙船の自宅は網干坂《あみほしざか》をくだった先の猫股橋《ねこまたばし》を渡り、小石川《こいしかわ》の同心町《どうしんちょう》通りを東に向かった伝通院前の一画にあった。

綺麗に刈り込んだ山茶花《さざんか》の生け垣に囲まれた瓦葺《かわらぶ》きの平屋だが、敷地はざっと八十坪ぐらいはありそうだ。

貧乏医者どころか、けっこう儲かっているのかも知れない。

太い杉の丸太を使った門柱が二本立てられていたが、門扉《もんぴ》は開けっ放しになっている。

門柱の丸太に「万人施療所」と達筆で大書し、その下に「くすり　ちりょうのぜにはあるときばらい但し　富者はこの限りに非ず」という奇妙な但し書きが記されていた。どうやら貧乏人は銭がなくても診《み》てやるが、金持ちは別だということらしい。

こんな医者の看板は見たこともないが、こんな鷹揚《おうよう》なことをいっていて果たして食っていけるのかな、と平蔵は半信半疑で笙船のあとについて玄関に向かった。

正面の玄関の戸も開けっ放しで、土間に置かれた縁台に数人の男女が腰をおろして談笑していた。どうやらそれが銭のない貧しい患者らしく、筮船が入っていくといっせいに腰をあげ、口ぐちに症状を訴えかけてきた。やれ足を挫《くじ》いただの、腹具合が悪いだの、虫歯が痛むだのという軽症の患者がほとんどだった。それでも筮船は患者のひとりひとりの訴えに耳を貸してはうなずき、なだめてやった。

「よしよし、いま、大二郎《だいじろう》が診てくれるでな。しばらくの辛抱じゃ」

土間のすぐ前の板敷きの部屋が診療室になっているらしく、青い筒袖を着た若者が一人の女を診察していた。

「あれが本間《ほんま》大二郎という医生でな。阿蘭陀の医方を学びたいというので長崎に三年ほど留学させてやったが、なぁに、阿蘭陀よりはおなごの腑分《ふわ》けのほうがおもしろくて、丸山遊郭《まるやまゆうかく》あたりでせっせと女郎買いにうつつをぬかしてきただけのことじゃ」

筮船の毒舌が耳に入ったらしく、若者は苦笑しながら平蔵に片目をつむってみせた。

「これは耳が痛い」

平蔵も苦笑いした。

「それがしも長崎に行っておりましたが、なに、留学というよりも遊学してきたようなものでしたよ」

「ははぁ、神谷どのも、毛の生えた赤貝に目がない口かな」

「は、いや、これは……」

土間にいた待ち合いの患者たちが笙船の揶揄《やゆ》にあわせて、いっせいに笑いくずれた。

「へっ、笙船先生だって赤貝は大好きな口じゃねぇんですかい」

「へへっ、赤貝のぐっと奥には鯔《ぼら》の臍《へそ》なぁんちゃってね」

「ふふっ、あたりまえじゃ。あれが嫌いな男など世の中におらぬわ」

そう言い捨てると、笙船はさっさと土間の奥に足を運び、囲炉裏《いろり》を切った板の間の上がり框《かまち》の前に藁草履《わらぞうり》を脱ぎ捨てた。

平蔵も草鞋《わらじ》を脱いで、手拭いで足の裏の泥をぬぐうと、笙船のあとにつづいた。

笙船は泥がついたままの足を一向に気にするようすもなく、べたべたと廊下に足跡をつけながら曲がり角を奥に向かった。

突き当たりにある板敷きの部屋に案内された平蔵は、室内に入るなり思わず目を瞠《みは》った。

## 四

そこは八畳ほどの細長い板の間で、左右の壁面がそっくり薬棚になっていた。棚に並べられた木箱には、それぞれ薬の名札がついていて、漢方薬もあれば唐《から》や朝鮮《ちょうせん》から取り寄せたらしい薬もある。なかには阿蘭陀の薬らしく、平蔵には読みとれない異国文字の名札もあった。

「これが、まぁ、わしの財産みたいなものでな。長崎や大坂から取り寄せたものもあるが、なかにはわしにも使い方のわからぬ薬もあってな。もしかしたら毒薬かも知れんの」

ことともなげに笙船は笑った。

「ふふふ、ご禁制の薬もまじっておるで、下手《へた》をすれば島流しになりかねんわな」

そう言うと笙船は部屋の隅に積んであった笊《ざる》をひとつ手にとり、棚から翁草の束を無造作につかんで笊に入れ、さらに下段に置いてあった古びた酒壺《しゅこ》をひとつぶらさげてきた。

「さぁさ、荷物になるやろが、もって帰ってお使いなされ」

「は、これは……」

「これがカキドオシを三年つけこんでおいた秘酒の壺での。疲れたときに盃に一杯飲んでみられるがよい。精がつくことうけあいじゃ」

そうまで言われては断るのも失礼にあたる。

「では、遠慮なくいただきまする」

栓をして、封印までしてある古酒の壺をありがたく受け取ったとき、医生の本間大二郎がやってきて、廊下に片膝をついた。

「先生。例の安藤坂《あんどうざか》の早川《はやかわ》さまから使いの小者がまいって、奥方にいつもの痛風《つうふう》が出たので往診をお願いしたいともうしておりますが」

「ああ、あの奥方の痛風ならわしが診るまでもない。おまえが出向いて、いつもの薬を処方してやればよかろう」

「かしこまりました」

「そうだの。あそこなら往診料と薬代で、ま、三両というところかの。もしも、あの吝《しわ》い用人めが払いしぶったら、今後は往診はおろか、薬も一切出さんとわしがいっていたと脅してやんなさい」

「承知いたしました」

医生の本間大二郎がにこやかにうなずいて腰をあげ、立ち去っていくのを、平蔵は唖然《あぜん》として見送った。

安藤坂といえば、ここから目と鼻の近場である。

――それで三両の往診料とは豪気なものだな。

平蔵なら一分どころか、五、六百文もとれれば御《おん》の字の口だ。しかも、笙船じきじきの往診ならともかく、医生の代診である。ちくと羨《うらや》ましい気もするが、いささかぼったくりという感がしないでもない。

だが、これが看板にある［富者はこの限りに非ず］という笙船の流儀なのだろう。

「ふふふ、三両は高すぎると思われたかな」

平蔵の心中を見透かしたように笙船がニヤリとした。

「は、いや」

「むろん法外は承知のうえじゃ。ふつうなら、ま、一両が相場というところかな」

「は、はぁ……」

平蔵としては一両でも法外な値段だと思っていたら、その心中を見透かしたように笙船の目がぎょろりと光った。

「ふふふ、薬というのは値があってないようなものとむかしから相場はきまっておる。そこが医者の匙加減《さじかげん》というやつでの。取れるところからふんだくっておかぬと、治療代どころか、薬代も払えん患者の面倒がみられんことになる」

「ははぁ、なるほど、そういうことですか……」

「さっき土間に待っておった患者たちは、どれも、その日暮らしの者ばかりでな。いちいち医者に金を払っていたら、それこそおまんまの食いあげになるものばかりじゃ。とても取り立てる気にはなれんし、また取る気もない」

笙船、苦い目になった。

「そのかわり、わしは内所が裕福な武家や商人からは遠慮なくふんだくって、その日暮らしの患者の薬代にまわす、つまりはもちつもたれつということかな。ふふふ」

「なるほど……」

長屋住まいの町医者稼業の切なさが骨身にしみている平蔵には、笙船の気持ちがよくわかった。

平蔵もできればそうしたいところだが、あいにく笙船の患者のような裕福な者とはあまり縁がなかった。とはいえ、たとえ財布にゆとりができたとしても、笙船のように割り切れるかどうか……。

——これは、なかなかの器量人らしい……。

あらためて小川笙船という町医者を見直した。

五

「いまの安藤坂の早川というのは禄高は千五百石という大身の旗本でな。殿さまは外に妾《めかけ》を二人も囲っておるほど内所の裕福な旗本じゃ。ところが、奥方は三十前の女盛りだというのに、この殿さまはとんと奥方にはさわろうともせぬらしい」

笙船が吐き捨てるように言った。

「ははぁ……」

平蔵の兄も大身旗本だが、妾を囲うどころか、花街《かがい》に足を向けたこともないほどの堅物である。

兄のような堅物があながちえらいとはいえないが、妾にうつつをぬかしているようなやつに千五百石もの高禄をむさぼらせているようでは世も末だなと思った。

「だいたいが、おなごというものは大奥の御殿暮らしだろうが、長屋住まいだろうが根っこはひとつ、男にかまいつけてもらいたいのが本音での。子産みはあとからついてくる、いわばお釣りのようなものじゃ」

笙船の毒舌はとどまるところを知らない。

「子産みは、お釣りですか……」

「きまっとろうが。男がおなごを抱くとき、いちいち子産みのためじゃなどと思うてはおるまいが。ン」

「は、ええ、まぁ……」

「そんなことを考えていたら、それこそ竿が中折れするわ」

笙船、ニヤリとした。

「男がおなごに手出しするのは、いうてみれば見境なしの雄の本能というだけのことよ。別段、子を産ませたいわけのものでもない。いうなれば、ただの色好みにすぎん。……ところが、武家では、やれ殿の血筋がどうの、家系を絶やしてはならぬとか、なんとか勝手な口実をつけては、見目よいおなごに手をつける。上は将軍家から大名、旗本、商人にいたるまですこしも変わりはせぬわ」

笙船、ふふふと苦笑した。

「なに、それが悪いとはいわぬよ。そもそも人間などというのは所詮《しょせん》は毛物《けもの》のたぐい、雄は雌を追いかけまわし、雌はたかってくる雄を好みにあわせて選ぶだけのはなしでな。それをいちいち咎《とが》めだてするつもりはないわな」

「………」

「神谷どのも竿にちょろちょろと毛が生えてきて、朝な夕なにぴんぴんおっ立《た》ちはじめたころは、見境もなしにおなごの尻を追いかけまわした口じゃろう」

笙船は歯に衣着《きぬき》せず、ずけっとものをいう癖があるらしいが、平蔵とても、これには一言もないどころか、おおいに耳が痛い口である。

ここは、言われるまま、苦笑いするしかなかった。

「おなごとておなじことよ。これまた、いくつになっても男の品定めや、身を飾るものにうつつをぬかす身勝手な生き物での。嫁にいったらいったで、亭主にかもうてもらえぬと気鬱《きうつ》になるか、着物あさりをするか、役者買いで憂さ晴らしをするかと相場はきまっておる」

そんな女ばかりとはいいきれないだろうが、ま、あたらずといえども、遠からずといえる。

「もっとも男とて、いくつになっても浮気の虫と銭儲《ぜにもう》けに目を血走らせる、始末に悪い生き物じゃからえらそうなことはいえぬがな」

「ま、たしかに……」

「ただ、これが町方の女房なら亭主が浮気をすれば、負けじとおのれも浮気して仕返しもできようが、武家の奥方は体面もあるゆえ、なかなかそうもいかぬ」

笙船、渋い目になった。

「早川どのの奥方も悋気《りんき》が高じて、ときどき寝込んでしまう。ふふふ、つまりは不貞寝《ふてね》というやつじゃの」

「不貞寝……」

「そうよ。不貞寝はおなごの得意技とむかしからきまっておる。なかには根っからの怠け者や、性悪女もおるが、おおかたは亭主にかもうてもらいたいのが本音じゃよ」

「…………」

笙船、男女の機微にも通じていると見え、うがったことをいう。

「神谷どののご妻女はどうかな」

「は……」

ふいに矛先《ほこさき》を向けられ、平蔵、まごついた。

「さて、なにせ、火事で焼け出され、知人の離れに居候《いそうろう》しておる身ゆえ、日々せわしなく立ち働いておりまして、いまのところは不貞寝などする暇もございませまい」

「ほう、それは気の毒な」

「いや、まぁ、家内は田舎育ちのせいか、根が丈夫なおなごでして、忙しいのは一向に苦にならぬようです」

「ふふふ、そればかりではのうて、神谷どのがせいぜい可愛がっておられるからじゃろう」

「い、いや」

「ま、よいよい。そなたの着ているものを見ればわかる。その筒袖も軽衫《かるさん》も、ご妻女の手縫いの品のようじゃ。すこしもかもうてくれぬ亭主の着物など、手間暇かけて縫うようなおなごはおらぬわ」

平蔵の身なりを一瞥《いちべつ》してニヤリとした。

「や、これはどうも……」

「早川家の奥方の病いも不平不満が高じたものでな。わしのような年寄りが診るよりも、大二郎のような若い男が相手をしてやるほうがずんと効き目がある」

「は……」

平蔵が首をかしげるのを見て、笙船はニヤリとした。

「あれは若いくせに世馴れていて、そのあたりは如才《じょさい》のない男での。やれ、背中がどうの、腰がどうのと奥方が訴えるのを聞いてやるだけでも奥方の憂さが晴れるらしい」

「ははぁ……」

「だからといって按摩《あんま》を呼んだところでむさくて、おなごの憂さは晴れぬ」

「ま、たしかに……」

どうやら笙船のいわんとすることが飲み込めてきた。

「そこで大二郎を差し向けたところ、いかい奥方のお気に召されたようでな。ふふ、病いは気からとはよういうたものよ。なんの、往診料の三両ぐらいは安いぐらいのものじゃ」

代診の医生を気晴らしの太鼓持《たいこも》ちがわりに差し向けるとは、なんとも人を食ったはなしだと思ったが、いうことは確かに的を射ていると、内心、その処世術の巧みさに舌を巻いた。

「なにせ、当節は万事が銭、銭、銭。公儀の役人までが賄賂《わいろ》でどうとでもなる世の中じゃ。医者までが銭のあるなしで患者を選ぶ。これでは貧乏人は死ねというようなものよ」

笙船が苦々しげに口をひん曲げたとき、廊下に衣ずれの音がして、ふくよかな顔立ちの女が入ってきた。

「まぁ、ま、おまえさま。こんなところでお客さまのお相手をなさっては失礼でございましょ」

女は板敷きのうえに両膝そろえてきちんと正座し、挨拶《あいさつ》をした。

顔立ちもふくよかだが、腰まわりも腿もみっしりと厚みがある。まだまだ水気たっぷりの大年増《おおどしま》だった。

「小川の家内の絹江《きぬえ》でございます。おいでになっているのに気づきませんで失礼いたしました」

「いや、こちらこそ突然にお邪魔をいたし、申しわけござらん。それがしは神谷平蔵ともうすものにござる」

「あら、ま、ご丁寧なご挨拶でおそれいります」

絹江という笙船の妻女はかすかに小首をかしげて平蔵をしげしげと見返した。

「どうやらお見うけしたところ、お武家さまのようですわね」

「は、いや、ま、生家は旗本ですが、次男ゆえ医者をしていた叔父の養子に出され、その跡を継いで、いまは町医者をしておりまする」

「ま、お旗本のお血筋ですか。道理で、どこかお品があると思いましたわ」

黒目がちの涼しい双眸《りょうめ》をおおきく見ひらいて、好もしげに平蔵をしげしげと見つめた。目や物腰に医者の妻女とは思えないような、ぞくりとするような色気がある。

そもそも、絹江という名前からして町家の出ではなさそうだった。

絹江は医者の妻らしく、きちんと結いあげた丸髷《まるまげ》を珊瑚玉《さんごだま》の簪《かんざし》で飾り、眉を青々と剃《そ》りあげ、お歯黒《はぐろ》もきれいに染めている。

年増ながら薄化粧した頬も色艶《いろつや》がよく、女にしては大柄だが、艶やかな白い肌をしている、なかなか見栄えのする美人だった。

「おまえさま。できあいですけれど、あちらに酒肴《しゅこう》の用意をいたしてございますのよ」

「う、うむ……」

笙船は口をもごもごさせ、のっそりと腰をあげた。

「ご内儀はああもうされているが、なにやらご迷惑をおかけするようで申しわけありませぬな」

「なんの。あれも早川どのの奥方とおなじで、退屈の虫にとりつかれておっての。来客は気晴らしになるらしい」

笙船は手をひらひらふって、片目をつぶってみせた。

# 第三章　切通坂《きりどおしざか》の刺客

一

――それにしても薬草採りが思いもよらぬ福をもたらしてくれたようだな……。

さっき酒の席で笠船から思いもかけず、いまのところ躰があいているのなら、遊びがてらここにきて、往診だけでも引き受けてくれないかともちかけられたのである。

笠船宅の近くは武家屋敷がひしめいていて、往診の依頼がけっこうあるが、相手が武家だけに、ときおり往診料が高いといってごねる者がいるということだった。

さっきの早川家の奥方のような患者なら本間大二郎でも間にあうが、なかには居丈高に脅しつけて、往診料はもとより薬代まで猫糞《ねこばば》をきめこむ屋敷もあるという。

どうやら、大二郎ではなめられてしまうらしい。

そこで平蔵に武家屋敷だけでも往診を頼みたいということだった。

そのかわり往診料の三分の一を平蔵にくれるという、なんとも結構な申し出でだった。

どうせ、どこかに転居して医者の看板を出したところで、新規開店では、なかなか患者もつかないことは神田の裏長屋で開業したとき骨身にしみている。

それに、三分の一といっても笙船の往診料は高いから充分間尺《ましやく》にあうことはまちがいない。

——代診、おおいにけっこうではないか……。

両国から伝通院までなら半刻（一時間）ほどだから毎日通っても苦にならない。

なおかつ、笙船宅には薬剤もそろっているし、だいいち医者としての笙船には平蔵も学ぶところが多分にある。

いうなれば、渡りに舟というべきはなしだった。

平蔵はほろ酔いに火照《ほて》った頰を夜風になぶらせながら、足取りも軽く、切通坂を不忍池《しのばずのいけ》のほうに向かった。

切通坂は百二万石を領する加賀中納言《かがちゆうなごん》の上屋敷横を通り抜け、三代将軍家光《いえみつ》の乳母《うば》だった春日局《かすがのつぼね》を祀《まつ》った麟祥院《りんしょういん》の門前から湯島天神《ゆしまてんじん》の境内《けいだい》の裏を不忍池に向かう坂道である。

このあたりは旗本屋敷が多く、夜になると人通りはほとんどない。左右には樹齢百年を越す榎《えのき》や欅《けやき》、楢《なら》などの老樹の枝が傘をさしかけるように坂道のうえに覆《おお》いかぶさっている。

真夏は木漏れ日が降りそそぐ涼しい日陰の道だが、夜は幽霊でも出そうな薄暗い坂である。

もう、五つ（午後八時）はとうに過ぎているだろう。

武家屋敷のあいだに挟まれた切通町の民家はとうに寝静まっていて、行灯《あんどん》の火影《ほかげ》も見えなかった。

左手に不忍池の水面が半弦の月光を映して鈍く光っている。

青々とした欅の小枝が、夜風にあおられてざわめいていた。

——ちくと飲みすぎたかな……。

千鳥足《ちどりあし》で坂道をたどりながら平蔵は苦笑いした。

おおかた波津は寝もやらず、針仕事でもしながら平蔵の帰りを待っているにちがいない。

こんなに長居をするつもりはなかったが、途中から座にくわわった本間大二郎と長崎に遊学したころのはなしをしているあいだに、絹江の座持ち上手《じょうず》に乗せられて三人ともすっかり羽目をはずしてしまった。

絹江は酒も笙船より強く、酔うほどに陽気になって、扇子《せんす》片手に小唄を口ずさみながら、婀娜《あだ》っぽい踊りを見せてくれた。

大二郎が耳元でささやいてくれたところによると、どうやら絹江は深川《ふかがわ》でも売れっ子の芸者だったという。

平蔵が町家の出ではないと思ったとおり、絹江は御家人の末娘だった。父親が同輩と諍《いさか》いしたあげく、刃傷沙汰《にんじょうざた》を起こして家が取りつぶされ、絹江は十六のときに深川の芸者に身を落としたが、水商売が性にあっていたらしく、なかなかの売れっ妓《こ》になった。

笙船も若いころは毎夜のように紅灯《こうとう》の巷《ちまた》を遊び歩いていた放蕩児《ほうとうじ》だったが、市松《いちまつ》という名で座敷に出ていた絹江と出会い、たちまち惚《ほ》れこんで通いつめたあげく、ようやく妻にしたということだった。

医者にしては洒脱《しゃだつ》な笙船の人柄も、どうやらそのあたりにあるらしいと平蔵は納得した。

絹江は着物には目がなく、呉服屋からの節季払いに追われ、その工面のために笙船は富裕な旗本や商人からは容赦なく高額の往診料をふんだくるようになったのだという。そのよしあしはともあれ、それができるということは、笙船の医者としての腕がいいからにちがいない。

――よい、おひとに巡り会えた。

酒宴がすすむにつれ、しまいには酔った笙船がふんどしひとつになって、いささか品下《ひんさが》った踊りまで披露するどんちゃん騒ぎになってしまった。

笙船から借りてきた提灯《ちょうちん》が暗い坂道をほのかに照らしているが、五、六間先は漆黒《しっこく》の闇だった。

提灯は借りてきたかわりに、笙船からもらった薬草と連銭草の秘酒の壺は籠《かご》に入れたまま、薬剤部屋に忘れてきてしまった。

――薬草はともかく、連銭草の秘酒はおれよりも笙船どののほうが役立つのではないかな……。

妻女の絹江は人あたりもよく、気さくな女だが、笙船よりひとまわりも年下の、まだまだ女盛りである。

来客をよろこぶというのは身をもてあましているということだ。

――笙船どのも、もうすこしご妻女をかまってやらぬと、そのうち不貞寝される羽目になるのではないか……。

ふと、そんな埒《らち》もないことを思っていたときである。

ふいに前方の闇に黒ぐろとした颶《ぐ》風《ふう》のような塊《かたまり》が湧き出してきた。

二

颶風は一団となって行く手をふさぎ、疾風のように殺到してきた。

いずれも黒っぽい筒袖に半袴《はんこ》をつけた、二本差しの集団だったとわかった瞬間、平蔵は手の提灯を投げつけた。

路上に落ちた提灯に火がついてめらめらと燃えあがった。

その炎の明かりに黒衣の集団が照らし出された。

黒衣の集団は白刃《はくじん》を手にまっしぐらに坂道を駆けあがってくる。

頭数はざっと十数人、何者かは不明だが、平蔵を狙った刺客であることは明白だった。

黒衣の集団は二十間あまりを一気に駆けあがってくると、すぐさま左右に展開した。

黒衣の刺客が四、五人、切っ先を斜め下段にかまえつつ、平蔵の背後にまわりこんできた。

あとの刺客は平蔵の行く手を遮《さえぎ》りつつ、刃《やいば》をかまえてひたひたと迫ってくる。

曲者《くせもの》の集団が放つ凄まじい殺気に、平蔵の全身が総毛立った。

「わしは神谷平蔵ともうす町医者だが、それを承知のうえの狼藉《ろうぜき》か！」

腰のソボロ助広を抜きはなちながら念をおしたが、集団は無言のままでじりじりと間合いをつめてくる。

頭上の欅の梢《こずえ》がざわざわと風に鳴った。

月明かりがさしはじめ、路上がまばらに白く光って見える。

投げつけた提灯の火が風に煽《あお》られ、火の粉が闇に舞いあがった。

黒衣の集団が手にした刃がひたひたと迫ってきた。

——前後左右から押しつつまれては不利になる。

とっさにそう判断した平蔵は、腰のソボロ助広を抜きはなつと、まっしぐらに集団のど真ん中に飛びこんでいった。

多勢を相手の修羅場は数えきれないほどくぐりぬけてきた。

躰が自然に反応し、無意識のうちに動いた。

斬りつけてきた敵の刃を下から撥ねあげ、飛び違いざまに鋭く胴を一撃した。

刃を投げ出し、たたらを踏んだ敵の躰を飛び越えて、躰を反転させながら横に薙《な》いだ刃で背後の敵の胴を存分に斬りはらった。

したたかに肉を斬った手応えがして、絶叫とともにのけぞった男の腸《はらわた》が、白蛇《はくだ》のように不気味にくねりながら飛び出した。

その血しぶきをもろに頭上に浴び、一瞬、棒立ちになった左側の男の太腿を横薙ぎに斬った。

存分に骨を断ち斬った重い感触があった。

片足をなくした敵が凄まじい悲鳴をあげ、路上に転がっているのには目もくれず、切っ先を返し、背後の敵を肩口から斜めに斬り伏せた。

血しぶきが黒い雨のように頭上に降りかかり、狼狽《ろうばい》している敵の胸板を串刺しに仕留め、刃を引き抜きざま十数間を一気に駆け抜けて集団を突破し、ふりむいた。

路上にいくつかの黒衣が呻《うめ》き声をあげ、のたうちまわっている。

むろんのこと、平蔵も無傷ではなかった。いつの間にか筒袖が裂け、軽衫《かるさん》もところどころ裂けている。腕の傷口が火がついたように熱かったが、痛みを感じる暇はなかった。吐く息も荒くなっている。血しぶきを浴びて刀の柄も血糊《ちのり》でぬるぬるしてきた。

片手を交互に離し、衣服にこすりつけて血糊をぬぐいとった。

三

敵の集団はきびきびした動きで、ふたたび態勢を立て直してきた。

敵も何人かは犠牲者が出ていたが、微塵《みじん》も怯《ひる》む気配はない。

それどころか、犠牲者が出たことで、逆に闘志に火がついたらしい。凄まじい殺気が平蔵に向かって噴きつけてくる。

よほど訓練された刺客の集団のようだ。

——もしやして、伊皿子坂《いさらござか》の襲撃のときの残党か……。

だとすれば、容易ならざる難敵だと覚悟しなければならない。

あのときは相棒の矢部伝八郎もいた。笹倉新八《ささくらしんぱち》という頼もしい仲間もいた。たとえ傷を負っていたとはいえ、味村武兵衛《あじむらぶへえ》もいたから、敵を分断することができた。

いまは敵の人数はすくないとはいえ、こっちは、ただ一人だ。

平蔵は気息をととのえつつ、じりじりと湯島天神境内の鬱蒼《うっそう》たる森の崖ぎわに移動していった。

崖を背にすると、背後からの襲撃を避けられるからだ。

近くに武家屋敷がずらりと白壁の塀を連ねているが、だれ一人として出てくる気配はなかった。

いくら夜だといっても、これだけの斬撃に気づかないはずはない。

おそらく気づいていても、揉め事には触らぬがホトケで、知らん顔の頬かぶりをきめこんでいるのだろう。

侍の誇りも、意地も、地に堕《お》ちたものだと痛感した。

敵の返り血と、噴き出す汗が目にしみる。笙船宅で馳走になった酒の酔いがたたってか、動悸《どうき》が激しく、手足がいつもより重たく感じる。

――どうやら、おれも年貢のおさめどきがきたか……。

そんな思いがちらりと頭をかすめたが、逆に腹がすわった。

右側から鋭く踏みこんできた刺客の刃を下から撥ねあげ、そのまま肩口から右《みぎ》袈裟《けさ》に斬りおろし、切っ先を返しざまに左側の刺客の胸板を突き刺した。つんのめってくる刺客の胸を片足で蹴りつけて刀を引き抜いた。のけぞって路上に仰向けに倒れた刺客の胸板から、血しぶきが黒い驟雨《しゅうう》のように噴きあげ、あたりに降りそそぎ、平蔵も頭から血潮を浴びた。

平蔵は血刀をさげたまま、集団に向かってゆっくり足を運んだ。

押しつつもうとしていた刺客の集団がふたたび崩れかけたとき、坂下から疾風のように黒衣の一団が白刃を連ねて駆けあがってきた。

とっさに刺客の新手だと思ったが、その一団は無言のまま刺客の群れの背後から襲いかかった。

その新手の一団の動きはおそろしく機敏で、二、三人で敵を押しつつみ、素早く斃《たお》しては、新たな敵に襲いかかっていく。

刺客の群れはみるみるうちに浮き足立ち、手負いの仲間を路上に置き去りにしたまま、素早く闇のなかに溶けるように引き上げていった。

「やぁ、どうやら間にあったようですな」

駆け寄ってきた黒衣の一人が頭巾《ずきん》をひきむしって笑いかけた。

いかつい角顔におおきな獅子《しし》ッ鼻《ぱな》、分厚い唇、なんとも異相の男だが、兄の忠《ただ》利《とし》がもっとも信頼している徒目付《かちめつけ》の味村武兵衛だった。

「おお、味村さん……」

味村武兵衛は並みの幕臣ではなく、心形刀流《しんぎょうとうりゅう》の遣《つか》い手で、無数の修羅場をくぐりぬけてきた剣士でもある。

——どうやら、助かったか……。

そう思った途端、急にどっと疲労が押し寄せてきた。

血刀を手にしたまま、くずれるようにどっかと腰をおろした平蔵のもとに駆け寄ってきた黒衣の者が、刃を鞘《さや》に収めると、片膝ついて頭巾をむしりとった。

「お、おまえは……」

平蔵は思わず目を瞠《みは》った。

頭巾の下から素顔をさらしたのは、これまで何度も平蔵の危機を助けてくれたこともある、黒鍬組《くろくわぐみ》の女忍び、おもんだった。

黒鍬組は甲州《こうしゅう》忍びの流れを汲《く》む隠密の集団で、徒目付とおなじく公儀目付の支配下にある。戦時には敵陣深く潜入し、放火、暗殺などの後方攪乱《かくらん》に働くが、平時には各藩の領内におもむき、藩内の情勢探索を任務にしている。

おもんは、その黒鍬組のなかでも、手練《てだ》れの女忍《にょにん》である。

ほほえみかえしながら、おもんは手早く平蔵の傷をあらためた。

「だいぶ、手傷を負われましたな……」

「なに、これしきの傷、大事ない」

「坂下町《さかしたちょう》に田上《たがみ》順庵《じゅんあん》という医者がおります。とりあえず血止めだけはなさいませぬと……」

おもんはたちまち黒衣を脱いで裏地を返し、鼠色《ねずみいろ》の地味な小袖に変貌させると、腹に巻きつけてあった博多《はかた》帯《おび》を抜きとり、手早く腰に締めながら味村をかえりみた。

「寝ていれば起こしてまいりますゆえ、平蔵さまをお願いいたします」

「よし、坂下町の田上順庵だな」

「はい。年はとっておりますが外料《がいりょう》（外科）の腕はたしかなおひとです」

おもんは腰の忍び刀を味村にあずけると、平蔵にちらと目を向け、

「では、いずれ、のちほど……」

そう言い残し、切通坂を素早く駆けおりていった。

# 四

もう四つ（午後十時）をとうに過ぎているというのに神田川《かんだがわ》にはさまざまな舟が行き交っていた。

青物を運ぶ荷舟や糞尿《ふんにょう》を運ぶ肥舟《こえぶね》のあいだを縫いながら、遊客を乗せた舟足の速い猪牙舟《ちょきぶね》が櫓音《ろおと》をきしませてかすめていく。

猪牙舟は漁師町から鮮魚を江戸に運ぶ船足の速い荷舟を真似て、長吉という男が薬研形《やげんがた》の小舟を造り、長吉舟と名付けたらしいが、形が猪《いのしし》の牙《きば》に似ていることからも猪牙舟と呼ばれるようになったものだ。船足が速いかわりに人は二、三人ぐらいしか乗せられない小型の舟である。

黒鍬組は江戸の川筋を素早く往来できるよう、胴の間をすこしひろくした猪牙舟を造らせ、あちこちの川筋に配置し、急ぎのときは舳先《へさき》に公儀御用の提灯をかざして通行するという。

平蔵はその猪牙舟の胴の間にあぐらをかいて、鉈豆煙管《なたまめギセル》をくわえた味村武兵衛と向かいあっていた。

おもんが言ったとおり、坂下町の田上順庵は白髪の老医だが、傷の手当てははたしかなものだった。四半刻（三十分）とかからず、てきぱきと血止めをし、縫合まで手際よくしてのけてくれた。

もう一人でも帰れると言ったが、夜半、両国まで歩くのはきつかろうというので、味村が手配してあった猪牙舟で送ってもらうことになったのである。

船頭は味村の配下で、平蔵も顔見知りの藤川俊平《ふじかわしゅんぺい》だった。

おもんは舳先にうずくまり、忍び刀をかかえながら、提灯を水面にかざしている。

髪をうしろにぎゅっとひっつめ、無造作に紐《ひも》でくくり、素草鞋《すわらじ》に棉《めん》の単衣物《ひとえもの》のうえから半袴をつけ、足に脚絆《きゃはん》をつけている。

女忍のほかに、おもんはいろいろな顔をもっている。

平蔵がはじめて顔をあわせたときは小網町の裏通りにある料理屋『真砂《まさご》』で客あしらいの女中をしていた。

二度目は紅《べに》鹿の子《こ》のくくり紐をつけた編笠をかぶり、手に三味線《しゃみせん》をかかえた鳥追い女に化けていた。

これまで、年はいくつか聞いたことはないが、目尻がすこし切れあがった、きりっとした顔だちをしている。

忍びの者として幼いころから鍛えられた四肢は猟犬のように敏捷《びんしょう》で、どんな強敵にも怯むことなく立ち向かうだけの気力と、武術を身につけている女だ。

しかも、いっぽうでは、そのしなやかな躰に男を蠱惑《こわく》する肉を秘めていることも、平蔵はひそかに知っている。

敵を容赦なく殺害してのけるかと思えば、一転して情炎の坩堝《るつぼ》に身を投じて悔いない女でもある。

かつて平蔵が神田新石町《しんこくちょう》の裏長屋で独り住まいをしていたころ、夜半に忍んできては寝もやらず、獣のような営みをかわしたことも何度かある。

そして、平蔵が寝ついたあと、未明の井戸端で平蔵の下着を洗いおえてから、夜の明けぬ前にひっそりと帰っていくような、いじらしい一面をもっている女でもあった。

ぴたりと平蔵の前に姿を現さなくなって、もう数年になる。

もういい年増のはずだが、さっきの機敏な動き、張りのある肌や、ゆるみのない躰つきは数年前とすこしも変わってはいない。

胸や腰まわりは女らしいふくらみを感じさせるが、数年たっても微塵も年を感じさせない女はめったにいないだろう。

忍びの者という過酷な任務《つとめ》に生きる女の強靱《きょうじん》さだろうが、そのことが逆におもんという女の運命《さだめ》の悲哀を感じさせる。

五

藤川俊平が櫓をとっている猪牙舟は、半弦の月に照らされた神田川をゆっくりと両国に向かってくだっていた。

左右の町並みは深夜の闇のなかにひっそりと寝静まっている。

味村がくわえている煙管の火が闇のなかで蛍火《ほたるび》のように見えた。

「味村さん。さっきのやつらはいったい何者だね」

味村武兵衛は公儀の徒目付で、黒鍬組とおなじく平蔵の兄・忠利の支配下にある。

本来、味村にしてみれば、平蔵は上司の弟として丁重にあつかうべきところだが、平蔵が神谷家を出て町医者稼業をしていることもあり、これまで何度となく、ともに死地をくぐりぬけてきた仲でもある。

それだけに、いまでは、おたがい身内のような親近感をいだくようになっている。

味村は渋い目でうなずくと、舟べりに煙管をたたきつけた。

「ありていにもうせば、あの者どもは尾張藩の鴉組《からすぐみ》と称する陰ばたらきの隠密にござる」

「鴉組……」

「さよう。おおかたは深夜に暗躍する連中ゆえ、夜鴉とでももうしますかな」

「夜鴉か、気色の悪い名だの」

平蔵、口をひん曲げた。

「御三家といえどもそんな連中を飼っているとは品のないはなしだ」

「なに、飼うといっても、表向きは藩士ではござらんが、藩主の手許金で飼われている輩《やから》でしてな。藩内に不穏な動きがあれば大目付の命をうけて、ひそかに探索し、隠密に始末する。たとえ、それが藩主の血縁であろうと、家老であろうと、ためらうことなく暗殺するのが仕事、いうならば陰の刺客でござるよ」

味村はほろ苦い目を闇に泳がせた。

「なかでも、尾張藩に潜入した公儀隠密をひそかに闇に葬《ほうむ》るのが本来の役目のようですな」

「公儀隠密を……」

平蔵は思わず目を瞠った。

「しかし、尾張藩は御三家筆頭の家柄だぞ。公儀とはもっとも近しい親戚の間柄じゃないか」

「だからこそ、公儀にとっては、常に目離しできぬ存在でもござる」

「うむ……」

なにやら奥底が知れぬ政事《まつりごと》の深淵をのぞいたような気がして、平蔵は凝然《ぎょうぜん》となった。

この時刻、川下の江戸市中から汲みあげてきた糞尿を満載した肥舟が何艘も舳先を連ねて、ひっきりなしに川上の百姓地に向かって漕ぎのぼってくる。舟がすれちがうたびに糞尿がちゃぷちゃぷとゆらいで、異臭がぷんぷんと川面にただよう。

「藤川。そのあたりで、すこし舟をとめろ。ちと臭くてかなわん」

味村が櫓を漕いでいる藤川俊平に声をかけた。

藤川は巧みに櫓をあやつって、川幅がいくらか広くなっている川べりの岸に組まれた船着き場に舫《もや》い綱《づな》をつないだ。

舳先にいたおもんが忍び刀を胴の間に置くと、提灯の灯をフッと吹き消し、平蔵のかたわらに寄り添ってきた。

「傷は痛みませぬか……」

「なに、たいしたことはない」

おもんは腰の印籠《いんろう》から丸薬をとりだすと、平蔵に手渡した。

「これを嚙みつぶしてお飲みくださいまし。よく利きますよ」

「すまぬ……」

「なに、おっしゃってるんですか」

おもんが平蔵の腿に手をかけて、くすっと忍び笑いした。

藍色《あいいろ》の地味な単衣物に半袴という色気も素っ気もない身なりだが、それが逆にどきりとするほど女体の曲線をきわだたせている。

かつて、おもんの肌身のすみずみまでむさぼったことのある平蔵は、胸の奥底にチクリとかすかな痛みをおぼえた。

おたがい束の間の情事と割り切ってはいたものの、平蔵のほうは気儘《きまま》に嫁を迎えているのに、おもんのほうは、いまだに明日をも知れぬ生死を賭けた死闘の日々を送りつづけている。平蔵としては忸怩《じくじ》たる思いを感じないわけにはいかない。

うっすらと汗ばんだおもんの躰から、甘い女体の匂いがただよって平蔵の鼻孔をくすぐった。

おもんが平蔵の腿に手をかけたまま、ささやきかけてきた。

「新石町の長屋は丸焼けになったそうですね」

「うむ……」

「もう、ずいぶんむかしのことのような気がいたします」

「そうでもない。たった二年しかたっておらん」

「わたくしには十年もむかしのことのように思えます」

おもんの目が懐かしむように遠くを見た。

「おほん……」

味村が咳払《せきばら》いをひとつした。おもんが肩をすくめ、くすっと忍び笑いを漏らすと、舳先のほうにもどっていった。

## 六

藤川俊平が舫い綱をといて、ゆっくりと櫓を漕ぎはじめた。

肥舟はすくなくなり、今度は川上から吉原通いの客を乗せた猪牙舟が勢いよく神田川をくだるのが目立つようになってきた。

「さきほどの尾張藩と、公儀の確執のことでござるが……」

味村は煙管に莨《たばこ》をつめながら、ぼそりとつぶやいた。

「天下人というのはあくまでも非情でのうてはならぬものでしてな。……かつて、権現《ごんげん》さまが御次子の結城《ゆうき》秀康《ひでやす》公に詰め腹を切らせ、そのまた御子の忠直《ただなお》公をも容赦なく処断されたように、御三家とて、安泰の保証など何ひとつござらんのですよ」

味村はふたたび煙管をふかしながら、目を細めた。

「ご存じのように御三家にはそれぞれ公儀から付家《つけが》老《ろう》を差し向けておるのが、その一端でしてな。付家老は、いうならば御三家の御目付役のようなものでござる」

平蔵は無言でうなずいた。

御三家の付家老のことは旗本の家に生まれた者なら、だれでも知っていることである。

尾張藩には譜代旗本のなかから成瀬《なるせ》、竹腰《たけのこし》の二家。紀伊《きい》藩には安藤《あんどう》、水野《みずの》の二家。そして水戸《みと》藩には中山《なかやま》家を付家老として選び、幕府の目付役として藩政を監視するよう差しつかわされている。

付家老はそれぞれの藩内で特別の権限をあたえられ、藩政はもとより藩主にも看過《かんか》できないことがあれば幕府に告発するのが役目で、御三家にとっては獅子身《しし》中《ちゅう》の虫のような、鬱陶《うっとう》しい存在でもある。

「すると、さっきの鴉組などという輩は、尾張家の付家老たちも承知のうえの飼い犬か」

「さて、それはてまえどもにはわかりかねますな。……されど、付家老といえども、先祖代々、尾張藩領内の禄を食《は》んでおるのですから、藩が存亡の危機となれば、おのれの危機もおなじことゆえ、公儀の動きから目離しはできますまい」

「付家老も、藩とひとつ穴のムジナということもありうるということだな」

「さよう」

味村は火入れの種火で莨を吸いつけ、うまそうにぷかりと紫煙をくゆらせた。

「せんだっての伊皿子坂の刺客も、その鴉組とやらの仕業なのかな」

「いや。あれは左内坂《さないざか》の諸岡湛庵《もろおかたんあん》が、尾張藩への忠義立てに仕掛けてきたものと、われらは確信しておりますが、残念ながら、いまだ確たる証拠はつかんでおりませぬ」

「ふうむ……」

「そのため、ぬかりなく左内坂に監視の目を向けていたところ、昨日の夕刻、編笠にぶっさき羽織《ばおり》という旅装の侍が一人、左内坂を通って尾張藩邸に入りましてな。これが柘植杏平ともうす男でござった」

柘植杏平は尾張柳生流《やぎゆうりゆう》の高弟だったが、流儀にない異形の剣法を編み出し――石割《いしわり》ノ剣――と名付け、流派を軽んじる言動があったというので柳生道場から破門された。

その後、杏平は禄を返上して、諸国をまわり、剣の修行に励んでいたが、四代藩主の座についた吉通《よしみち》が杏平の剣の腕を惜しんで呼びもどし、手許金から陰扶持《かげぶち》をあたえて、庇護《ひご》するようになったという。

「石割ノ剣……」

平蔵の目が細く切れた。

まさか刀で石を斬るわけではなかろうが、破門されるほどの異端の剣というものに剣士として強く心を惹《ひ》かれた。

「それはどのような太刀筋か、ご存じか」

「いや、立ち合《お》うたことがござらぬゆえ、そこまではわかりかねるが、なんでも先代吉通公の所望で尾張藩士のなかでも指折りの遣い手十名を相手にし、ことごとく打ち負かしたほどの剣だそうにござる」

「ふうむ。並大抵の剣士ではなさそうだな」

「かつては尾張柳生の道場でも、この柘植杏平に太刀打ちできる者はひとりもいなかったと聞いておりもうす」

「そやつ、今夜の襲撃のなかにいたのかね」

「いや、柘植は鴉組といっしょに動くことはござらぬ。きゃつはいつでもひとりで動く一匹狼のようでござる」

「ほう。あるじもちの侍というのは上の者の命をうけて何事にも集団でことにあたるものだろう。牢人じゃあるまいし、一匹狼というのはめずらしいな。おれのような男でも、相手の人数が多ければ伝八郎や、新八に助っ人を頼むからの」

「それはふだんから親しくされているからでござろう」

ってな」

「この柘植という男、もともとが人づきあいの悪しき男ゆえ、宮仕えには向かぬのでござろう。……ただ、尾張藩もご多分にもれず内紛のたえないところでござ
「まぁ、な……」

味村はぷかりと紫煙をくゆらせながら、口をひん曲げた。

「なにせ、吉通公が死去なされたときも、毒殺ではないかという風聞が流れたほどで、跡目を継がれた継友《つぐとも》公が、ひきついで柘植に陰扶持をあたえて庇護しておられるのも、何かのおりに柘植の剣を役立てるためということでござろう」

「つまり、身辺警護か……」

「いや、そればかりではのうて、藩の内外を問わず、鴉組の手にあまるような人物をひそかに抹殺するための刺客のようでござる」

「ふうむ……あまりゾッとせん役目だの」

「いまも尾張の藩内では、ひそかに継友公に替えて末弟の宗春《むねはる》公をかつぎだそうとする一派があるげに聞いておりもうす」

「骨肉の争いというやつか」

「いずこも権力の座をめぐる争いほど厄介なものはござらん」

「やれやれ、なんとも鬱陶しいことだ」

平蔵の養父の神谷夕斎も磐根藩の内紛に巻きこまれて非業の死を遂げている。

「だいたいが、この柘植杏平という男、柳生の道場でも稽古相手を容赦なくぶちのめすまでやめなかったような嗜虐《しぎゃく》の性癖があったらしく、いわば、人斬りにはもってこいの男ということでござろう」

その柘植杏平を、わざわざ尾張から呼び寄せたからには、なにかの密命があってのことだろう。

そう確信した味村は配下の同心や、黒鍬の者を尾張藩邸の近辺に配置し、監視をつづけていたが、柘植杏平はそれきり藩邸から動く気配がなかった。

しかし、今日になって戸山《とやま》にある尾張藩の下屋敷に女中奉公をさせてあった黒鍬組の下忍から連絡《つなぎ》が入り、昨日の夕刻、鴉組の者とおぼしき侍が二十人あまり、戸山にある尾張藩の下屋敷に到着していることがわかった。

七

戸山にある尾張藩下屋敷は上屋敷のざっと倍はある広大なものだ。

そこで味村は目黒《めぐろ》にある黒鍬組の組長屋から、念のため手のあいている下忍をかきあつめ、下屋敷周辺に配置した。

するとと、夜に入ってから家中の者ではない侍が二、三人ずつ分散し、夜陰《やいん》にまぎれて下屋敷を出ていったことがわかり、急遽《きゅうきょ》、あとを追っていたところ、切通坂の斬りあいにぶつかったのだという。

「それが、さっきのやつらだったということか」

「さよう。こっちは柘植のほうが危険人物と見ておりましたゆえ、上屋敷のほうに気をとられておりましたが、つなぎが、いますこし遅れたら、切通坂の襲撃には間にあわなんだやも知れませぬ。いや、危ういところでござった」

「うむ、おかげで助かったものの、やつらがなにゆえ、おれを狙ったのかがわからんな。……伊皿子坂のときは吉宗《よしむね》公がめあてだったんだろうが、今夜はあきらかにおれを狙った刺客だった。おれの命など狙ったところで尾張藩に益することなど何ひとつありはせんと思うが」

「伊皿子坂の尻ぬぐい、それしかござるまい」

味村は迷いなく言い切った。

「なにせ、伊皿子坂では、いますこしのところで吉宗公も危ういところでござった。もし、あの襲撃が成功していれば天下人の座はまちがいなく尾張公のものとなったはず、それを阻《はば》んだのはまぎれもなく平蔵どのをはじめとする陰守《かげもり》三人……」

味村は煙管の莨をくゆらせながら、口をひん曲げた。

「伊皿子坂の一件に尾張藩がかかわっているという証《あか》しは、いまのところござらんが、あの襲撃に立ち向かった平蔵どのをはじめとする三人は、いわば生き証人。その口封じのためには手段を選んではおられんというところでござろう」

「口封じ、か……」

「さよう。伊皿子坂の件は紀州《きしゅう》、尾張両藩ともに口を閉ざしておりますが、こういうことはどこからともなく漏れるもの、尾張としては早く始末しておきたいと考えるのは無理からぬことでござろう。さらにいうならば襲撃を邪魔立てした陰守への報復の意味合いもあろうかと思われますな」

「しかし、それをいうなら、吉宗公に刺客を差し向けた諸岡湛庵こそ、もっとも危険な生き証人ではないか」

「いかにも……」

味村はぼそりとつぶやいた。

「おそらく、そのうち、きゃつも無事ではすみますまい」

「ふうむ……」

平蔵、憮然《ぶぜん》として吐き捨てた。

「なんとも、天下の御三家も血迷うておるとしか思えんな」

「ふふ、権力争いとは、だいたいが血腥《ちなまぐさ》いものでござってな。平蔵どのも、これまで磐根藩の権力争いの渦中《かちゅう》に幾度となく巻きこまれたではござらんか」

味村はニヤリとした。

「たかがともうしては語弊《ごへい》がござるが、磐根五万三千石の世継ぎ争いでも、藩をあげて血眼《ちまなこ》になることを思えば、天下人の座をかけての争いともなれば、尾張六十万石が血迷うのも不思議はござるまい」

「やれやれ、とんだことに首を突っ込んだものだ」

平蔵、苦虫を嚙みつぶし、舌打ちした。

「だとすると、おればかりではなく伝八郎や、新八も狙われるということだな」

「さよう……」

そのとき、舳先にいたおもんが、ふりむいて声をかけてきた。

「平蔵さまは転居先を探しておいでなのではありませぬか……」

「うむ。いつまでも居候暮らしでは医者の看板をあげるわけにもいかんしの」

「なれば千駄木《せんだぎ》にかっこうの住まいが一軒空いておりますが、そこに移られてはいかがですか」

「ほう、千駄木に……」

「はい。いささか古い百姓家ですが、造作はしっかりしておりますし、そばに黒鍬組の組長屋がありますゆえ、なにか事あるときには組の者がすぐに駆けつけられましょう」

「おう、よう気がついた」

味村がポンと膝をたたいた。

「あそこなら掘り抜きの井戸もあるし、たしか、鉄砲風呂もついておったの」

「はい。ただ、場所が根津権現《ねづごんげん》そばの仕舞屋《しもたや》で、まわりは青物畑の多い寂しい所ですが……」

「なんの、青物畑おおいにけっこう。居候暮らしから足を洗えるとあれば、いうことはないが、一軒家となると家賃もそれなりに高いのではないかな」

「いえ、黒鍬組がなにかのときに使おうと買い取ってあったものゆえ、お家賃のご心配にはおよびませせぬ」

「ほう、それはまた……」

「そのことなら、わしからも黒鍬組の組頭に口添えしておこう」

　味村がおおきくうなずき、

「是非、そうなされ。『味楽』も居心地は悪くはござるまいが、なにせ、人の出入りの多い客商売、つなぎをつけるにも具合悪しゅうござる」

　ぷかりと煙管から紫煙を吐いて、にんまりとした。

「それに一軒家なら、夫婦ごとにいそしむにも、だれの耳目《じもく》をはばかることもござるまい」

「お、おい……」

　舳先でおもんがくすっと忍び笑いを漏らした。

　彼方に両国橋の巨大な橋梁《きようりよう》が、夜空と水面をふたつに分かつように黒ぐろと立ちはだかっているのが見えてきた。

八

――千駄木、か……。

平蔵は夜具のなかで常夜灯《じょうやとう》の薄明かりにゆらいで見える天井を見つめながら、おもんからもたらされた新しい転居先に思いを馳《は》せていた。

かたわらには波津が安らかな寝息を漏らして熟睡している。

平蔵が乱闘で受けた刀傷は、小川笙船に無法をはたらこうとした破落戸どもをやっつけたときに受けたもので、たいしたことはないと言っておいた。

事実、刀傷といっても、骨に達したものはなく、皮肉を削《そ》がれただけのものだった。

田上順庵の外料の腕はなかなかのもので、いまでは痛みはほとんど感じなかったし、あちこち裂けて、血しぶきで汚れた着物や袴《はかま》も、おもんが手配してくれた着衣に着替えて帰宅した。

いずれも笙船からの借り着だとごまかしておいたが、波津は一切詮索《せんさく》めいたことは口にしなかった。

さすがに波津は曲官兵衛の娘だけあって、夫が外出した先での出来事にはいちいち口出ししない女だった。

もし、尾張藩の刺客に襲われた傷だといえば、いくら波津といえども神経をたかぶらせ、寝つけなくなるだろう。

それればかりか、いい転居先が見つかりそうだというので波津が喜んでいる矢先に冷や水をかけることになりかねないと思ったからである。

千駄木は十六、七のころ、伝八郎といっしょに根津権現の桜を見にいったとき、団子坂《だんござか》で名物の団子をたらふく食ったことぐらいの記憶しかない。

いずれにしろ、またぞろ御三家の争いごとに巻きこまれるとはなんとも鬱陶しいかぎりだと、平蔵はうんざりしている。

兄の忠利によると七代将軍の家継《いえつぐ》公は、まだ八歳の幼君だが、生来、蒲柳《ほりゅう》の質で病床に伏すことが多く、御典医《ごてんい》も成人を危ぶんでいたため、父君の家宣《いえのぶ》公も世子《せいし》にすることをためらったほどだと聞いている。

そのため、幕閣では早くから次期将軍をだれにするかを、ひそかに模索しつづけているのだという。

――まだ、上様が存命だというのに薄情なものだ。

と思うが、万が一のとき、天下人の座は一日でも空白にしてはおけないということなのだろう。

ともあれ、世子がいない場合、後継は徳川御三家から出すというのがきまりになっているそうだが、いまのところ候補は御三家の筆頭でもある尾張藩主の継友か、家継の後見人になっている紀州藩主の吉宗の二人にしぼられているということだった。

尾張家が藩をあげて継友の将軍位継承を切望しているのは、伊皿子坂の一件からもたしかのようだ。

老中や大奥の意向も吉宗派と継友派のふたつに割れているらしい。

老中はともかく、大奥に政治向きに口出しするだけの権力があることも、兄の忠利から聞かされ、おぼろげながらわかった。

いま大奥で権勢をふるっているのは月光院《げっこういん》（お喜世《きよ》の方）で、幕閣を仕切っているのは側用人の間部《まなべ》詮房《あきふさ》だという。

月光院は浅草唯念寺《ゆいねんじ》の僧侶の娘に生まれたが、その美貌に目をつけた者がいて、一旦、矢島治太夫《やじまじだゆう》という旗本の養女にしたのち、お喜世という名で大奥に御目見《おめみ》得《え》以上の上女中として送りこむ手はずをつけたのだという。

なんでも御目見得以上というのは将軍にお目通りを許される女中のことで、商人の娘などは御目見得以下の女中奉公しかできない掟《おきて》になっているらしい。

将軍の目にとまらなければ、いくら美貌でも玉《たま》の輿《こし》に乗ることはできない仕組みになっているのだ。

運よく、このお喜世に家宣の手がついたおかげで、矢島治太夫の養子勝田典愛《かつたつねのり》は寄合衆《よりあいしゅう》に昇進し、備後守《びんごのかみ》の名乗りを許されるほどになったという。

――女を世話して出世するなど、まるで、女衒《ぜげん》のようなものじゃないか……。

と思うが、おのれの妻を将軍の閨《ねや》にさしだして出世した大名もいる世の中だから、それくらいのことはおどろくにあたらないのだろう。

お喜世の方は、まんまと六代将軍家宣の目にとまり、鍋松君《なべまつぎみ》を生んで、いまや大奥を牛耳《ぎゅうじ》るほどの権勢をほしいままにしているらしい。

お喜世の方とおなじく、家宣の寵愛をうけていたお須免《すめ》の方（蓮浄院《れんじょういん》）も、大《だい》五郎《ごろう》という男子を出産したそうだが、大五郎が幼くして没したため、鍋松君が世子となり、七代将軍家継となったのだ。

江戸城本丸は総建坪一万一千三百七十坪という広大なものだそうだが、そのうち半分以上にあたる六千三百十八坪を大奥が占有しているという。

大奥は御台所《みだいどころ》と呼ばれている正室、それに将軍の目にとまり寝所に召し出されることを待っている御中臈《おちゅうろう》と呼ばれる後宮の美女がひしめきあっている男子禁制の女の園である。

ほかにも将軍の生母や前将軍の未亡人、大奥を仕切る御年寄《おとしより》と呼ばれる女性たちを軸にして、ざっと千数百人近い女中たちが暮らしている。

いうならば、女の魔宮ということなのだろう。

たとえ台所働きの女中でも、大奥に奉公していたとなれば娘にも箔《はく》がつくというので、旗本はもとより、商人までも伝手《つて》をたぐって大奥に娘を送りこむのに大金を使うらしい。

――馬鹿なはなしだ。

そう思うが、大奥奉公をつとめれば、よい嫁入り先に恵まれるだろうという、親の欲もはたらくのだろう。

この大奥制度を確立したのは三代将軍の乳人《ちのひと》をつとめた春日局で、その権勢は大老をも凌《しの》ぐほどだったと聞いたことがある。

三代将軍家光のころ、絶大な権勢を誇っていた大老・酒井忠勝《さかいただかつ》が大奥の費用が莫大すぎるため削減しようとしたことがあるらしい。

ところが春日局が乗り出し「われら大奥のおなごに丸裸でご奉公せよともうされるのか」と一喝し、絶大な権力をもっていた酒井忠勝も沈黙せざるをえなかったという。

この一事をもってしても、大奥の権勢がいかに強大なものだったかがわかる。

五代将軍綱吉《つなよし》のころに幕閣で権勢をふるったのは大老の柳沢吉保《やなぎさわよしやす》だったが、家宣が将軍になってからは側用人の間部詮房が一手に掌握し、その構図は家宣の没後もすこしも変わっていないらしい。

月光院の、間部詮房にたいする信頼が絶大なものだったからだということだ。

いずれにせよ、将軍がだれになろうが、平蔵の医者稼業が繁盛するわけはなし、むろん、実入りが一文でもふえるわけもない。

――天下のことなど、だれが知ろう、だ。

そう思ったら、なにやらバカバカしくなってきて、うまい具合に眠気がさしてきた。目を閉じると、すぐそばで、我が家の御台所のすこやかな寝息が聞こえてくる。

暮らし向きは一向に楽になりそうもないが、もともとが九十九の山里で育った波津にとっては、大奥の窮屈な暮らしよりはましだろうと思うことにした。

# 第四章　団子坂異聞《だんござかいぶん》

一

平蔵は袴《はかま》を裾からげし、腰には脇差しと火吹き竹を差し、大八車《だいはちぐるま》の梶棒《かじぼう》をつかんで汗だくになりながら団子坂をのぼっていた。

波津もまた襷《たすき》がけに裾からげというあられもない格好で、衣類を包んだ一反風呂敷《いったんぶろしき》を背負い、大八車の後押しをしている。

大八車には敷き布団に掻巻《かいまき》、縄で縛った行李《こうり》が二つに薬簞笥《くすりだんす》、鍋釜《なべかま》に茶碗、糠《ぬか》漬《づ》けの壺、棕櫚箒《しゅろぼうき》までが山積みになっている。

ほとんどが焼け出されたあと、波津が少しずつ買い求めたものだ。

「おまえさま。足腰を痛めぬよう気をつけてくださいまし」

波津はしきりに気遣《きづか》って声をかけてくるが、梶棒をにぎっている平蔵としては、いちいち返事をしてつきあってはいられない。

引っ越しがこんな大変なものだとは正直思ってもみなかった。

独り身のころは、ろくな家具とてなかったし、おおかたの物は生家の下男や女中たちが運んでくれたから、ほとんど身ひとつで気軽に引っ越すことができた。

――もう、二度と引っ越しは御免だな……。

胸中でぼやきながら胸突き八丁の団子坂をしゃかりきになってのぼっていった。

「おまえさま。一息入れられてはいかがですか」

また波津が気遣って声をかけてきたが、こんな坂の途中で止まった日には、それこそ大八車が逆走しかねない。

「バカ。いいからしっかり押せ」

怒鳴りつけたとき、坂のうえから矢部伝八郎と笹倉新八が駆け下りてきた。

「おう。ようやっときたか……えらく手間取ったもんだの」

伝八郎は気楽なことをほざいたが、新八のほうは心底おどろいたようだった。

「これはこれは……また大変な所帯道具ですな」

後ろに二人がまわって後押ししてくれた途端、一気に大八車のすすみ具合が早くなった。

そのかわり鍋釜がガタガタと音をたてて暴れはじめた。

茶碗がひとつか、ふたつ車からこぼれて割れたらしいが、いちいちかまってはいられない。

「あらあら、糠漬けの蓋《ふた》が……」

波津があわてて糠漬けの木蓋を拾いにもどったようだ。

――あの、バカ……。

たかが糠漬けの蓋ぐらいと舌打ちしたが、なにせ、火事から逃げる途中でも大事にかかえこんできたぐらいだから、波津にとっては夜具よりも大事なのだろう。

いまさらのように出発前に『味楽』の茂庭十内が、だれぞ人足を頼まれたほうがよろしいのではないかと言ってくれた忠告をふりきってきたことをちょっぴり後悔した。

なに、たかがこれしきの貧乏所帯、人足を頼むほどのことはないと甘く見ていたが、いざとなると引っ越しというのは大仕事だなと思い知らされた。

それでも二人の助っ人がきてくれたおかげで、あとは一気に団子坂をのぼりきって無事新居にたどりついた。

新居には伝八郎の妻の育代がきていて、姉さまかぶりに襷がけで駆け出してきた。

「さぁさ、お疲れでしたでしょう。お掃除はあらかたすませておきましたから……」

甲斐甲斐《かいがい》しく迎えてくれた。

二

「おお。これは、まさに絶景だのう……」

所帯道具を五人がかりで、なんとか新居に運びこんだあと、汗をぬぐいながら古びた縁側に立ってあたりを見渡した伝八郎が感嘆の唸《うな》り声をあげた。

「うむ。絶景とまではいわんが、気が晴れ晴れすることはたしかだな」

平蔵もうなずきながら目を細めて相槌《あいづち》を打った。

前には青物畑がひろがり、その向こうには根津権現社の森がこんもりと生い茂っている。

青々とした雑木の若葉がなんともみずみずしい。

青物畑を挟んだ左手には武家屋敷が甍《いらか》を連ね、右手には世尊院《せそんいん》や専念寺《せんねんじ》などの本堂が見える。

裏庭の掘り抜き井戸から水を汲《く》みあげていた笹倉新八が釣瓶《つるべ》の水に舌鼓《したつづみ》を打った。

「ううむ、こいつは甘露《かんろ》、甘露。……この井戸があるだけでも引っ越してくる値打ちがありますよ。これで家賃がタダとくりゃいうことなしですな」

ついでに新八はもろ肌脱ぎになり、手拭いを釣瓶の水で濡らして絞ると上半身の汗をぬぐいはじめた。

今日は朝から四月はじめらしい馬鹿陽気だった。

おまけに風も穏やかで陽は燦々《さんさん》と惜しみなく降りそそいでいる。

波津は育代といっしょに明日から必要な品や、まだ足りない所帯道具などを買いに団子坂の下にある、千駄木坂下町《さかしたちょう》の雑貨屋まで出かけていった。

ここは、大百姓が隠居所にしようと建てた家だというだけに屋根は藁葺《わらぶ》きになっているから、冬は暖かく、夏は涼しくて汗っかきの平蔵も過ごしやすそうだった。

玄関から裏に抜ける土間も広く、台所の竈《へっつい》のそばには使い古しながら七輪《しちりん》がひとつ置いてある。

とっかかりに四畳半の小部屋があり、その奥の六畳間には一間の押し入れがついていて、台所に面した板の間には半畳の囲炉裏《いろり》が切ってあって自在鉤《じざいかぎ》もついている。

板の間の奥は八畳の座敷になっていて、廊下をへだてて裏庭が見渡せる。廊下の突き当たりが内厠《うちかわや》になっている。

まがりなりにも内厠と風呂がついているというだけで、波津はすっかりここが気にいったようだ。

ただし、風呂といっても裏の戸口を出たところに据えられた鉄砲風呂で、板張りの粗末な屋根庇《やねびさし》はついているものの、露天の風呂とさして変わりはない。

ただ、ここは隣家とのあいだには生け垣があるから、それくらいのことはそれほど気にはならないらしい。

これが神田や本所あたりなら家賃も月に一分（約三万円）から一分二朱（四万五千円）、家主によっては二分（六万円）は取られるだろう。

「しかし、タダほど高いものはないともいうからな」

伝八郎が嫌みったらしく、片目をつむって冷やかした。

「ここが黒鍬組の持ち家だとなると、ホラ、あの、おもんとかいう色っぽいのと、またぞろ、ややこしいことになりゃせんか」

「ちっ！　おまえじゃあるまいし、よけいな心配は無用だ」

「どうだかわかるもんか。男とおなごは意馬《いば》心猿《しんえん》、焼けぼっくいに火ということもなきにしもあらずだぞ。なにせ、きさまはむかしから女出入りの絶え間がなかったからな。竹馬の友としちゃ、そのあたりを案じておるのよ。ン」

伝八郎らしからぬ、したり顔でほざいた。

「せっかくだがな。おれの女房はちっとやそっとのことで角《つの》を出したりはせん。でんとしたもんよ」

「それそれ、そうこなくっちゃ……」

井戸端からもどってきた新八がまぜっかえした。

「だいたいが一人や二人ぐらい隠し女がいないような男じゃ、つまりませんからな」

「ううむ……それもそうか」

伝八郎、したり顔をコロリと撤回し、にんまりした。

「なにせ、おなごは十人十色、情の濃い年増《としま》もいいが、あっちこっちがむちりとふくらみかけてきた娘っこも、また可愛《かわゆ》いからのう」

「ちっ、危ないのは、おれよりもきさまのほうだろう」

平蔵、失笑した。

なにせ、伝八郎はむかしから目移り、気移りの多い男である。

「おい、伝八郎。まさか、もう育代どのにそろそろ秋風というわけじゃなかろうな」

「ン……な、なにをいうか。おりゃ、いまのところ女房一本槍よ」

「ははぁ、いまのところはねぇ……」

新八が、すかさずまぜっかえした。

「いつまでつづくかどうか怪しいもんですな」

「そうそう、なにせ、こいつは、ちょいと目をはなすと、すぐに見目よいおなごにでれりぼうと鼻の下をのばしかねん男だからの」

平蔵も相槌を打った。

「お、おい、なんだなんだ。ふたりとも、おれはそんな……」

伝八郎が目を三角にして反論しかけたとき、玄関のほうからにぎやかな女の笑い声がして、波津と育代がおおきな風呂敷包みを背中にしょいこんで土間に入ってきた。

「おまえさま。ここの名物の団子とお饅頭《まんじゅう》を買ってまいりましたよ」

育代が浮き浮きした声で伝八郎に呼びかけた。

「谷中の天王寺《てんのうじ》にご参詣のおひとが土産《みやげ》になさるらしく、団子やお饅頭がよく売れているんだそうでございますよ。子供たちにも土産に買って帰りましょう」

「お、そうか、そりゃいい」

「たしか、お饅頭はおまえさまの好物でございましたわね」

「む、うむ……」

平蔵、ニヤリとして伝八郎の背中をどやしつけた。

「ほう、きさま、酒一本槍かと思っていたが、饅頭が好物とはついぞ知らなんだな」

「い、いや……」

伝八郎は声をひそめ、弁解がましくいいわけした。

「饅頭は家内や子供たちの大好物でな。おれもつられて相伴《しょうばん》しているうちに甘いものもいけるようになったわけよ」

「ははぁ、亭主の好きな赤烏帽子《あかえぼし》ならぬ、ご内儀の好きななんとやらというやつですな」

新八がニヤリと片目をつぶった。

「それはようございました。ちょうど蒸《ふ》かしたてのお饅頭ですから、たんと召し上がってくださいまし」

「こいつはいい。蒸かしたてのほかほかとくりゃ、湯あがりのなんとかみたいなもんで、矢部さんの大好物でしょう」

新八が楽しそうにカラカラと笑った。

「お、おい……」

伝八郎、目をひんむいて白黒させている。

三

女というのは所帯のこととなると、呆《あき》れるほど手まわしがいいもののようだ。

箒や叩《はた》き、塵《ちり》とりなどの掃除道具を買いにいっただけだと思ったら、ついでに付け木に小売りの炭、あちこちへこんでいる古い銅の薬罐《やかん》、それに番茶と湯飲み茶碗まで仕入れてきていたらしい。

早速、波津はその薬罐に井戸の水を入れ、土間に置いてあった七輪に炭火を熾《おこ》すと、湯を沸かしにかかっている。

どうやら茶をいれてくれるつもりらしい。

そのあいだに育代は手拭いで姉さまかぶりになり、袂《たもと》を襷でたくしあげ、古びて紙が黄ばんでいる障子に叩きをかけはじめた。

おんだされて居場所がなくなった平蔵たちは、団子と饅頭の包みをかかえ、やむをえず裏庭一面に生い茂っている雑草のうえに尻をおろし、車座になった。

波津が出てきて、井戸端で雑巾《ぞうきん》を洗いながら、ふりむいた。

「おまえさま、今度は鎌を買ってきて草刈りをいたしましょうね」

「そうだの……」

「それに竹垣もずいぶんいたんでおりますし、障子紙や襖《ふすま》も貼り替えなければなりませぬ」

「ン、まぁな……」

「そうそ、おまえさま。それに畳もずいぶん古くなっておりますし、雨戸の立て付けもゆるんでいるようでございますよ」

「…………」

いちいち返事をしていたら、なにを頼まれるか知れたものではない。

ここは黙して答えずにかぎると、団子をパクついていたら、伝八郎がにんまりしてささやいた。

「おい、平蔵。このぶんだとそのうち雑巾がけから洗濯までやらされそうな雲行きだぞ」

「ちっ、きさまじゃあるまいし……」

とんがりかけた途端、またもや波津の「おまえさま」という声がはずんだ。

「ほうら、また、おまえさまがきたぞ……」

伝八郎がうれしそうに囀《さえず》った。

平蔵が苦笑しながらふりかえると、裏口から波津に案内された味村武兵衛が、一人の年輩の侍とともに姿を見せた。

「やあやあ、伊皿子坂の三剣士がそろい踏みのようですな」

片手にさげてきた朱塗りの角樽《つのだる》をひょいともちあげて見せた。

「ちと早いが、引っ越し祝いでござる」

「おお、それはかたじけない」

平蔵、急いで団子を呑みこみ、腰をあげた。

味村は年輩の侍をふりかえり、引き合わせた。

「神谷どの。この男は宮内庄兵衛《みやうちしょうべえ》どのともうされてな。黒鍬の二の組を束ねる頭領《かしら》じゃ」

「おお、では、ここの家主どのではござらんか」

「いやいや、家主などともうされては恐縮。いうなれば留守番のようなものでござるよ」

宮内庄兵衛は気さくに手をふって、目を笑わせた。

「この家、だいぶんに古びておりますが、お気に召しましたかな」

「なんの、それがしにはもったいないような住まいで、家内もよろこんでおります」

「それはよかった。どこぞ不具合があれば遠慮なくもうしてくだされ。組の者のなかには襖の貼り替えに達者な者もいれば、大工仕事や屋根葺きに手馴れた者もおりますでな」

「ほう、それでは家の一軒ぐらいは建てられそうですな」

「ははは、この家も組の者が手直ししたものでござるよ」

「え、この家を……」

「さよう。なにせ、黒鍬の者は元来が武田《たけだ》の甲州忍びでござったゆえ、戦時には敵の城内の井戸を干すため水道を探しあてたり、川に橋を架けたりするのを仕事にしておりましたからな。ここの井戸も手前の組の者が掘りあてたものでござる」

「ほう、それはまた……」

平蔵、啞然《あぜん》としていると、伝八郎がドンと肩をたたいた。

「おい、神谷。いまさら遠慮してもはじまるまい。どうせ焼け出されのすかんぴんだろうが。頼みたいことがあれば遠慮なく頼むことだ」

「さようさよう、遠慮はご無用になされ」

宮内が笑顔でうなずいた。

平蔵が宮内庄兵衛に、伝八郎と新八を引き合わせていたとき、育代が縁側から声をかけてきた。

「みなさま、あらかたお掃除もすみましたので、お座敷のほうにどうぞ」

台所のほうから、スルメを焙《あぶ》る香ばしい匂いがただよってきた。

四

味村武兵衛が差し入れてくれた角樽の酒と、宮内庄兵衛が差し入れのスルメで、ともかくも転居祝いの酒盛りになった。

角樽の酒はくだり物の灘《なだ》の銘酒で口あたりがよく、すいすい入る。あけっぱなした座敷を風がさわやかに吹き抜け、汗ばんだ肌を心地よくなぶる。

「こりゃこたえられんのう」

伝八郎は角樽からついだ湯飲みの酒をたてつづけにあおり、たちまち酒呑童子《しゅてんどうじ》のような赤ら顔になった。

「ちくと聞いたところによると、このあいだ切通坂で、神谷が刺客に襲われたそうですな」

伝八郎が躰を左右にゆらせながら味村に問いかけた。

「おい、そのはなしをここでもちだすのはよせ」

平蔵は台所のほうに目をしゃくって釘をさした。

「おなごどもに聞かせるはなしじゃない」

「なに、向こうは水仕事でてんてこまいだ。聞こえやせん」

伝八郎は気楽に顎《あご》をしゃくってみせた。

「なんでも、そいつらは尾張藩が国元から呼び寄せた鴉組とかもうす刺客だったとか……」

「さよう……」

「しかも、神谷に聞いたところによると、柘植杏平とかいう刺客まで呼び寄せたらしいが、そやつも伊皿子坂の尻ぬぐいのためかの」

「いかにも……」

味村は声を落としてうなずいた。

「なにせ、いまや紀州と尾張は上様の跡目争いで躍起となっておるゆえ、すこしの瑕瑾《かきん》も見過ごしにはできんということでござろう」

味村はドングリ眼《まなこ》で三人を見渡した。

「おのおのがたも、今後とも身辺にはくれぐれも気をつけられよ」

「なんの、われわれは荒事には馴れっこですからな。くるなら、いつでもこいてなもんだが、それにしてもしつこいのう」

伝八郎がスルメを食いちぎり、口をひん曲げた。

「それにしてもだ。幼児とはいえ、まだ上様がおわすというのに、御三家が後釜狙いに血眼《ちまなこ》とは、ちと浅ましいとは思わんか」

「なぁに、世の中、とどのつまりは欲の張り合い、吹けば飛ぶようなちっぽけな藩でも、年がら年中、権勢の座をめぐっては派閥争いに明け暮れているご時世ですからな」

新八が苦笑まじりに茶化した。

「釣りとおなじで、餌《えさ》がでかいほど大物が食いつく。天下人の座が目の前にちらついているとなれば、御三家といえども藩をあげて目の色変えるのも無理はござらん」

味村は渋い目になった。

「なにせ、ひと月ほど前にも、月光院さまが観桜の夜宴に上様を招かれたところ、お風邪を召され、以来、食事もままならぬ日々がつづいたそうでな」

味村は幕臣だけあって気遣わしげに眉をひそめたが、伝八郎は憤然と嚙みついた。

「ちっちっ、なにが観桜の宴だ。童髪《わらべがみ》のおさなごを夜桜見物につきあわせてどうするんだ。ええ？……おりゃ、あの月光院とかいう女狐《めぎつね》はどうにも気に食わん」

「おいおい、かりにも上様の御生母だぞ。女狐はなかろうが」

平蔵が苦笑したが、一度口火を切った伝八郎の饒舌《じょうぜつ》はとまらない。

「なにが、御生母だ。けっ！　あのおなご、もとは、ただの町娘だったんだぞ。

それが、どこぞの女衒《ぜげん》みたいなやつに目をつけられて旗本の養女になったあげく、大奥に送りこまれたのが、お喜世の方じゃないか」

　伝八郎、ウイッとげっぷをひとつ吐いてまくしたてた。

「ま、そこまではいい。上様といえども、目と鼻の先に見目よい、食べごろのおなごどもがうろちょろして、ふれなば落ちん風情をしてみせりゃあだな。そりゃ、手も足も出したくなろうというもんよ」

「ははぁ、それが気に食わんのか」

「うんにゃ、そこまではいい。男なら至極当然の成り行きよ。……が、そのあとが気に食わん」

　伝八郎、ぐびりと湯飲みの酒に口をつけ、ふたたび口撃を開始した。

「この、お喜世の方がうまい具合に男の子をひりだしたところ、これが、まんまと七代さまに化けた」

「おい、化けたはなかろうが、化けたは……」

「おう、ま、そこまでは、どこでもよくあることだ。ところが、その旦那がみまかって後家になったんなら、おとなしくしてりゃいいものを、いつの間にやら間部さまをたらしこんで、幕閣にまで口を出しはじめるとは言語道断！　到底、許しがたいわ」

伝八郎、またもや、おおきなゲップをして座をねめまわした。

「な、な、そうは思わんか」

どうやら空きっ腹に入れた冷や酒が利きすぎたらしい。

それまで黙々と盃を口に運んでいた宮内庄兵衛がニヤリとした。

「なかなかおもしろいおひとですな」

「ご放念くだされ、宮内どの……こやつ、酒が入ると口のたがが、ちとはずれる男でしてな」

平蔵が急いでとりなした。

「なんの、お気に召されるな。矢部どののもうされることにはわれらも同感でござるよ」

宮内庄兵衛、一向に意に介するようすはない。

今日の伝八郎はよほど虫の居所が悪いと見え、さらにいいつのった。

「だいたいが文昭院《ぶんしょういん》さまも、文昭院さまだ。大奥にはうじゃうじゃと掃いて捨てるほど美女がひしめいておったというに、だ。赤子《やや》を孕《はら》ませたのは、お喜世の方と、お須免の方の、たったふたりしかおらんというのは、ちと歯がゆいとは思わんか。ン？　平蔵……」

伝八郎、ペロリと舌なめずりした。文昭院というのは六代将軍家宣のことである。

「おれなら、まず一年で大奥のおなごを総なめにして十人や二十人の子は仕込んでみせる」

湯飲みの酒をぐいと飲み干し、どんと胸をたたいてみせた。

「ははぁ、きさまのいいたいのはそこだな」

「そうよ。だいたいが大奥にうじゃうじゃとひしめいておるおなごどもは、そのために奉公にあがったようなもんだろう」

「まぁ、な……」

「それが、上様から一度もお声すらかからずに、あたら花の盛りを無にさせるというのは、なんとも哀れ、もったいないとは思わんか。ええ、おい……」

ぐしゅんと鼻水をすすりあげて憤慨した。

「せっせと励んで、じゃかすか赤子を産ませておきゃ、いまごろ公儀があたふたせんでもよかったのよ。なぁ、平蔵……」

伝八郎、ふいに首をぐらぐらさせたかと思うと、そのままドタンと寝ころんで大鼾《おおいびき》をかいて、白河夜船《しらかわよふね》をきめこんでしまった。

赤々と四月の夕日がさしこんで、太平楽な伝八郎の寝顔を、酒に食らい酔った鍾馗《しょうき》のように染めあげた。

「まぁ、おまえさま……」

育代が姉さまかぶりをはずしながら台所から小走りにやってきて、伝八郎の巨体をかかえこみ、隣室にひきずっていこうとした。

「ははは、ご無理をなさるとぎっくり腰になりますぞ」

新八が笑いながら腰をあげ、無造作に伝八郎の小脇に両手をこじいれるとずるずると隣室にひきずりこんだ。

「おそれいります。ほんとに子供みたいなおひとで……」

「なに、そこが、また愛《いと》しいのではござらんか」

「もう、笹倉さまはそのような……」

もう三十路《みそじ》前の育代が、小娘のように耳朶《みみたぶ》まで真っ赤になった。

「ところで味村さん……」

平蔵が声をひそめて問いかけた。

「公儀目付の兄者《あにじゃ》が、なにゆえ弟のおれまで駆り出して吉宗公に肩入れしているのかね。もし、尾張の継友公が将軍位の座につくようなことになれば、まずいことになるのではないか」

「ははぁ、そのあたりのこと、神谷さまから何もお聞きになってはおられんのか……」

「ないない。兄者はいつも頭ごなしにおしつけてくるだけで、真意などめったに漏らしたことはない」

「ははは、なるほど神谷さまらしい」

味村はニヤリとした。

「ならばもうしあげるが、そのご心配はもっともなれど、ご心配なさることはございますまい。なんといっても吉宗公は上様の御後見役、その身辺に配慮するのは御目付のつとめにござる」

味村はこともなげに笑みかけた。

「ただし、尾張殿が天下人になられた暁《あかつき》には、神谷さまはもとより、われわれ黒鍬の者にも逆風が吹くことがないとはもうせませぬ」

「ふうむ……」

「なれど、ご老中がたのおおかたは吉宗公に肩入れなさっているとのよしにござる」

「なにせ、吉宗公は十数万両にものぼる借金でにっちもさっちもいかなくなっていた紀州藩の財政を、ざっと十年あまりで立て直されたという実績もございますからな」

「ははあ、そりゃたいしたものだ」

見た目は無骨で、算用にはとんと不向きに見える吉宗の風貌を思い出し、人は見かけによらぬものだと平蔵は思わず唸った。

「まぁ、あとは水戸さまのご意向と、大奥の風向きがどうなるかにかかっているともうせましょうな」

「ふうむ。それほど大奥の意向はおおきいのかね」

「さよう。なにせ春日局はもうすまでもなく、桂昌院《けいしょういん》さまのご意向ひとつで幕閣が左右された一事を見ても、大奥のちからがどれほどのものか、おわかりでござろう」

「ほう……」

## 五

桂昌院とは五代将軍綱吉の生母である。

桂昌院は京の堀川通りに店をかまえる仁左衛門《にざえもん》という八百屋《やおや》の娘で、お玉《たま》というたが、十三歳のとき、三代将軍家光の側室になったお万《まん》の方の部屋子（女中）として大奥に奉公にあがった。

お万の方は六条宰相藤原有純《ろくじょうさいしょうふじわらのありずみ》の娘で、仏門に入り慶光院《けいこういん》という尼寺で尼僧となっていたが、その美貌が家光の目にとまり、還俗《げんぞく》して京から東くだりして大奥に入った異色の側室でもある。

「お万の方さまが東くだりなされるとき、お玉を部屋子にして江戸にともなわれたそうでしてな」

味村は徒目付という職掌柄、大奥の事情にも精通していた。

「お玉という娘は弱年ながら利発な娘で、しかも天性の器量よしだったらしく、すぐに春日局さまのお気に召したようで秋野《あきの》と名をあらため、大猷院《だいゆういん》さまの側御用をつとめるようになったそうですな」

大猷院というのは三代将軍家光のことである。

「ははぁ、そのうちお手がついたということか」

「さよう。なにせ、大猷院さまは稚児《ちご》好みでいらせられたゆえ、なかなかおなごに目を向けられず、春日局さまも気をもまれたげにござる」

「ふふ、そこで春日局どのも焦《あせ》って、せっせと見目よいおなごをまわりにちらちらさせたというわけか」

平蔵、苦笑すると、まるで廓《くるわ》のとりもち婆さんだなと下世話なことをいって、味村を苦笑いさせた。

「それにしても、将軍家も稚児からおなごに目を向けはじめた途端に側女《そばめ》の部屋子にまで唾《つば》をつけるとは、なんとも種馬そこのけの絶倫《ぜつりん》ぶりですな」

新八は辛辣《しんらつ》な言を吐いて、へらへらと嗤《わら》ってのけた。

この、お玉は家光の世子《せいし》をもうけたことによって、帝《みかど》から従一位を授けられるという、女人としては希有《けう》ともいえる名誉を賜《たまわ》り、武家はもとより江戸の町人までで目ン玉をひんむかせた。

まさしくトントン拍子の玉《たま》の輿《こし》にのった女人である。

家光が亡くなると、お玉は大奥のしきたりにしたがって、落飾《らくしょく》して桂昌院の院号を名乗り、我が子の綱吉を思うがままにあやつり、幕閣をも左右する権勢をふるったのである。

「なるほど、なぁ……」

平蔵、思わず新八と顔を見合わせ、口をへの字にひん曲げた。

「伝八郎が大奥を目の敵《かたき》にするのもわからんでもないな」

「ふふふ、むかしから泰平の世になればなるほど、おなごが強くなるものと相場はきまっている」

新八が隣室で高鼾をかいている伝八郎のほうを顎でしゃくり、片目をつむってみせた。

「あの豪傑どのも、育代どのの手にかかれば子猫みたいなものですからなぁ」

「ちがいない」

ふたりは肩をすくめてニヤリとした。

「それにしてもだ。正室ならともかく、桂昌院も、月光院もともに町方の娘で、おまけに正室でもなく、ただの妾《めかけ》じゃないか……」

平蔵は解せぬというように首をひねった。

「ふふふ、平蔵どののような気楽なご身分の方にはおわかりにならぬようですな」

味村が湯飲みの酒をすすって、苦笑いした。

「武家の奥向きというのは諸藩であろうが、将軍家であろうが、世継ぎをもうけることがなによりの大事でござってな。……お世継ぎを産めぬ正室は、いうなれば節句の飾り雛《びな》のようなもので、たとえ側女であろうと世継ぎをもうけられたら、奥向きでは逆らうものなど一人もいなくなるときまっておりもうす」

「待った……」

平蔵は手をおおきく振った。

「そこだよ。大奥で羽振りがよくなるのはよいとしてもだ。その羽振りがなぜ営中の意向まで左右するのか、そこがようわからん」

「なぁに、とどのつまりは、おなごの臀《しり》がものをいうのさ。なぁ、味村さん」

新八がニヤリとして、辛辣な科白《せりふ》を吐いた。

「ふふふ、笹倉どのはお若いが、なかなか世故《せこ》に長《た》けておられる」

味村はおおきくうなずいた。

「そのとおり。そもそも、上様の御正室は京の公家方《くげかた》の娘御を迎えられるしきたりになっておるものの、天英院《てんえいいん》さまのような公家の姫御前《ひめごぜ》というのは、節句のお人形のようなものですからな」

　味村はつるりと顎を撫でて、目をしばたいた。

「男女のまじわりごとなどにはとんとうというえ、ましてや大奥の権力争いなどには迂遠《うえん》の御方でござっての」

「ははあ、そういうことか……」

　平蔵、ようやく腑《ふ》に落ちた。

「ま、色気勝負となれば公家の姫では勝ち目はなかろう」

「ふふふ、つまるところ、男はおなごの乳と臀に目がいくものと、むかしから相場はきまっておりもうす」

　宮内庄兵衛がにんまりして片目をつむってみせた。

「ほほう、庄兵衛もなかなかいうではないか」

　味村が揶揄《やゆ》したが、宮内は涼しい顔でうそぶいた。

「なんの。それがしも若いころは血眼になって、おなごの臀を追いまわしたものでござる」

　伝八郎がどたんと寝返りを打って、太平楽な高鼾をかいた。

「それにしても、天英院さまも、わざわざ遠国の江戸にまで嫁《とつ》いできたというのに気の毒なことよのう」

ぼそりと平蔵がつぶやいたとき、沢庵《たくあん》漬けの小鉢を運んできた波津が小耳に挟んだ。

「ま……わたくしのどこが気の毒ですの」

「なにぃ……おまえのことなど、だれもいってはおらんぞ」

「だって、遠国の江戸にまで嫁いできたといえば、わたくしのことでございましょう」

「アン……」

平蔵、呆気《あっけ》にとられた。

「はっはっは、こいつはいい」

新八が手をたたいて吹き出したが、波津はまだ腑に落ちぬらしくキョトンとしている。

# 第五章　天英院御感《てんえいいんぎょかん》

## 一

「なんと……猪《しし》が、目の前に飛び出してきたのですか」

天英院は黒ぐろとした双眸《りょうめ》をおおきく見ひらいて、思わず驚嘆の声をあげた。

天英院熙子《ひろこ》は家宣の未亡人だが、子を産んだことのない肌は色艶《いろつや》もみずみずしく、黒目がちの双眸はキラキラとかがやいている。

肌は抜けるように白く、額が広く、鼻筋がすらりとした叡智《えいち》の相をしている。

三間あまり離れた下座に、つくねんと端座していた巨漢は、天英院のあまりのおどろきように困惑したらしく目をしばたいた。

「猪など見たこともありませぬが、牛よりもおおきいのですか」

天英院の少女のように無邪気な問いかけに、巨漢はためらいがちに小首をかしげた。

天英院熙子は帝を補佐する左大臣近衛《このえ》基熙《もとひろ》の姫に生まれ、まだ十代のころ京の都を離れ、家宣のもとに入輿《にゅうよ》してきたから、獣といえば牛や馬、犬か猫ぐらいしか見たことはない女性だった。

「は、いや……牛よりは足が短こうございますが、全身に剛毛が生えておりましてな。よう肥えておりましたゆえ、貫目にしてざっと二十五、六貫……いや、三十貫ほどはありましたろう」

巨漢はおどけて、片頰に笑みをにじませた。

「なにせ、里におろすのに勢子《せこ》が二十人もかかったというほどの大物でございました」

「三十貫……」

天英院はそれがどれほどか見当もつかないらしく、しばし絶句し、脇にひかえている御年寄の荻野局《おぎののつぼね》をかえりみた。

「どれほどのおおきさかの」

「さぁ、猪など見たこともありませぬゆえ……」

萩野も戸惑いつつ、小首をかしげた。

萩野局は天英院がまだ近衛家の姫だったころから側近くに仕えてきた腹心の老女である。

いまは大奥御年寄として、老中もはばかる格式と権威をもっているが、熙子とおなじように世間のことにはとんとうとい女性だった。

すでに五十歳を過ぎているが、山野に棲息する獣といえば、せいぜいが兎《うさぎ》や鹿《しか》ぐらいしか、目にしたことがない。

ふたりの困惑ぶりを眺めて、巨漢はかすかに目を笑わせた。

「さよう、失礼ながら、御方さまのざっと倍ほどはありましょうな」

「そんなにおおきいのですか、猪というのは……」

天英院は絶句し、また目を瞠《みは》った。

「猪というのは牙《きば》があると聞きましたが」

「いかにも、口の左右に鋭い牙がついておりまする」

巨漢はおどけて両手の人差し指を、口の左右にあてがってみせた。

「ま、おそろしや……」

天英院は怖気《おぞけ》をふるったように身をすくめた。

「さぞ、こわかったでありましょうな」

巨漢はおおきな手で、つるりと顎《あご》を撫ぜた。

「猪はもともとが臆病な獣でござるゆえ、勢子に追いたてられ、逃げ場をなくしただけのことで、脅えていたのは、われらよりも、むしろ猪のほうだったのではありますまいか」

「ま……」

脅えていたのは猪のほう、という言い方がおかしかったのか、天英院は袖を口元にかざし、くすっと忍び笑いを漏らした。

「さいわい、手にしていた鉄砲に弾が入っておりましたゆえ、とっさにこのあたりに一発ぶちこんだだけのことで、さしたることではございませぬ」

巨漢は眉間《みけん》のあたりを指でおさえ、こともなげに目尻に笑みをにじませた。

――なんというおのこであろう……。

まるで、いにしえの戦国の武将そのままのおのこだ、と天英院はあらためて、まじまじと巨漢を見直した。

「いえ、さほどには……」

## 二

巨漢は、徳川御三家のひとつ、紀州五十五万五千石の領主・徳川吉宗で、かつ、現将軍家継の後見人でもある。

天英院は家宣の亡きあと、慣例にしたがい、院号を名乗り、長い黒髪も切下髪《きりさげがみ》にしているが、まだ仏門に帰依《きえ》して余生を過ごすには若すぎる年だった。

大奥には家宣の側室で、七代将軍家継の生母でもある月光院が健在で、万事に権勢をほしいままにしているため、天英院は前将軍の正室だったにもかかわらず、きわめて影の薄い境遇に置かれていた。

しかし、この吉宗だけは天英院を大奥のあるじとして丁重にあつかい、政務の合間を縫っては、本丸と大奥のあいだにもうけられた御対面所に足を運び、天英院に面会を求めては、やるせない無聊《ぶりょう》をなぐさめてくれる。

そのときの会話も、ありきたりの世辞や、わざとらしい追従《ついしょう》ではなく、わかりやすく、おもしろい話題をとりあげてくれるから、天英院は吉宗との面会をひそかに楽しみにしていた。

男子禁制の大奥では将軍と医師のほかは、たとえ御三家や老中といえども足を踏み入れることはできない掟《おきて》になっている。

江戸城の本丸一万一千坪の敷地のうち、大奥は六千三百坪という広大な領域を占めていた。

本丸と大奥のあいだのたったひとつの架け橋は、御広敷《おひろしき》と呼ばれている区域しかないため、大奥の女はだれでも城の外の世界の話題に飢えていた。

いわば女だけの園でもある大奥の話題といえば、いま、はやりの衣装や髪飾り、めずらしい食べ物、芝居の人気役者の噂《うわさ》、それに女同士の陰湿なそしりあいがほとんどである。

そんななかで吉宗がもたらしてくれる話題は、天英院にとっては一服の清涼剤のようなさわやかさがあった。

吉宗は身の丈六尺を越す偉丈夫《いじょうふ》で、麻裃《あさがみしも》が窮屈そうに見えるほど筋骨もたくましい。

今日は吉宗が、みずから紀州の領内で猪狩りをしたおりの椿事《ちんじ》を話題にもちだしてきたところだった。

吉宗は南国紀州の潮風と、強い陽射しにさらされて、なめし革のように陽焼けした、たくましい顔に笑みをうかべた。

まるで悪戯《いたずら》ざかりの童《わらべ》のような、邪気のない笑顔だった。

「なにせ、それがしは狩りが大の好物でございましてな。若いころは日々、山野を馬で駆けめぐり、鹿や猪を追いかけておりました」

吉宗は目尻に笑みをにじませた。

「いまでも、かなうことなら紀州の山野にもどって馬を走らせ、猪狩りや雉子撃《きじう》ちに日を過ごしてみたいと思うております」

吉宗は四月のさわやかな陽射しがさしこむ御殿の庭に、茫洋《ぼうよう》とした眼差しを向けた。

「…………」

天英院はかすかにほほえみながらうなずいた。

いつものことながら吉宗に会うたびに、天英院は腹の底に、なんともいえぬおかしみが蠢《うごめ》くのをおぼえる。

その、おかしみは、決して不快なものではなかった。

この天下泰平の世に吉宗のような男がいることが、奇異なことのような気もするが、また、なんとも好もしい気がする。

三

天英院熙子は、京の都でも屈指の名家である近衛家の姫に生まれたが、徳川家の慣習として、将軍の正室は公家のなかでも名家の姫を迎えるしきたりになっていた。

そこで家宣が将軍世子の座につくと、すぐに熙子を正室として入輿を求めたのである。

熙子は幼いときから、男といえば眉を剃《そ》り落とし、額に青い公家眉《くげまゆ》を描き、頬に薄化粧までしている殿上人《てんじょうびと》のほかは言葉をかわしたことさえなかった。遊び相手といえば近衛家に仕える童女か、侍女ばかりだし、屋形の外に出ることもめったになかった。

江戸といえば京から何百里も離れたところにある侘《わび》しい僻地《へきち》だとばかり思いこんでいたし、まさか自分が嫁にゆくことになるなど思いもしなかったから、京の都を離れるときは、まるで冥土《めいど》にでも連れていかれるような暗澹《あんたん》たる思いだった。

輿入れしてからも、奥に仕える女子たちに囲まれていて、父親のような年上の夫の家宣のほかには、ほとんど男と口をきいたこともない。ただ、四年前、亡くなった夫の家宣は英邁《えいまい》で、温和な人柄だったことが唯一の救いだった。

家宣ははるばる都から嫁いできた少女のような熙子を、ひたすら気遣《きづか》い、子を産めぬ妻を終生いたわってくれた。

家宣は側臣のすすめで、お喜世の方（月光院）や、お須免の方（蓮浄院）など何人かの側女をもったが、日に一度は正室の熙子のもとに足を運んでは優しく声をかけ、なにか不自由なことはないか、と気遣いを怠らないひとだった。

かつては町娘だったお喜世の方などとはちがい、男女の交わりも、さほどに楽しいこととは思わなかった熙子は、家宣に嫁《か》してきたことを不幸だとは、ついぞ思ったこともなかった。

たまに老中や御三家の当主、徳川の家臣でもある大名たちの挨拶《あいさつ》をうけることはあったが、いずれも武家とはいっても、品のいい殿様育ちの男ばかりで、さして違和感はおぼえなかった。

――が、この吉宗だけはそれらの大名たちとはまるでちがう、異質の男だった。なにせ六尺豊かな偉丈夫で、眼光は鋭く、鼻梁《びりょう》も、眉も太い。

はじめて吉宗と面会したときは、なにやら怪物に出くわしたような気がした。これが帝から中納言位を賜《たまわ》り、徳川御三家の一人として、諸大名を畏怖《いふ》させている人物だとは到底思えなかった。

粗暴ではなかったが、優雅とはほど遠い、野人のような印象だった。

それが、いまは弱年の七代将軍・家継の後見人として、老中も一目置く存在になっている。

しかも、病弱な家継にもしものことがあれば、御三家筆頭の格式をもつ尾張藩主の継友か、家継の後見人でもある、この吉宗が将軍位を継承することになるらしい。

継友は万事に華美好みの尾張藩の気風をうけて、見た目も品のよい貴公子で、会話にもそつがなく、節季の節目節目には、欠かさず京や長崎から取り寄せた高価な品々を贈ってくれる。

――それにくらべて……。

この吉宗ときたら、いかつい顔にふさわしく、話題も土臭いし、垢抜《あかぬ》けたところは微塵《みじん》もない。

なにしろ、はじめて吉宗と顔をあわせたとき、天英院が話の接ぎ穂に困って紀州の梅干しの美味を褒《ほ》めたところ、わざわざ紀州から取り寄せた梅干しの甕《かめ》を贈りとどけてきたばかりか、以来、律儀に毎年贈りつづけてくるようになった。

いくら美味とはいっても、梅干しは梅干しである。

いまでは天英院付きの年寄や中臈《ちゅうろう》たちのあいだでは、吉宗のことをひそかに「梅干しの殿」と陰口をきいているらしい。

大奥では大名家からの贈り物で藩主の評判がきまるといってもいいが、その点でも「梅干しの殿」の吉宗の点数はきわめて辛《から》かった。

天英院もはじめのうちは無骨きわまりない吉宗との対面は気が重かったが、何度か会っているうちに、吉宗のなんとも灰汁《あく》抜けない印象は、その素朴な人柄からくるものだとわかってきた。

大奥の女中たちの噂によると、吉宗の幼名は源六《げんろく》といって、七人兄弟（内三人は女）の六番目の、四男に産まれたということだった。

吉宗の生母のお由利《ゆり》の方は、素性も定かではなく、紀州藩士の娘ともいわれているが、彦根《ひこね》の医者の娘だったとも、また、熊野巡礼《くまのじゅんれい》の娘だったともいう。

いずれにせよ生母は、身分の低い出自だったのだろう。

そのためか、産まれてすぐに家臣の加納五郎左衛門《かのうごろうざえもん》のもとにあずけられ、五歳まで養育されていたという。

およそ学問は苦手な口で「跳ね馬の源六」と渾名《あだな》されていたというから、相当なやんちゃ坊主だったにちがいない。

それが、三人の兄がつぎつぎに病死したため、二十二歳のとき、急遽《きゆうきよ》、紀州藩主の家督を継ぐことになり、五代将軍綱吉から「吉」の一字をあたえられ、従三位・左近衛権中将に任じられた。

そして、いまや将軍の後見人として、幕閣の老中たちにも睨《にら》みをきかす地位にまでのぼりつめたのである。

まさに強運の人というべきだが、当の吉宗はどうやら窮屈な麻裃などはかなぐり捨て、紀州の山野を馬で駆けめぐっていたいというのが本音らしい。

そのあたり、吉宗が並みの大名とは一枚も二枚も桁《けた》がはずれているところだろう、と天英院はひそかに思っていた。

四

天英院はふと数年前に病没した吉宗の正室のことを思い出した。

「そうでした。そういえば理子《まさこ》さまがお亡くなりになって、もう六年になりまするな」

「さよう。あれはこころばえの優しいおなごでしたが、なにせ足腰のかぼそい蒲柳《ほりゅう》の質でございましたゆえ……」

理子は十六のとき京の伏見宮《ふしみのみや》家から、二十三歳になった吉宗のもとに正室として輿入れしてきたが、四年後の宝永七年（一七一〇年）に流産がもとで亡くなった。

その後、吉宗は赤坂《あかさか》の江戸藩邸に長年奉公していた侍女の須磨《すま》を側女にし、翌年、嗣子《しし》（世子）長福丸《ちょうふくまる》を出産したが、ふたたび妊娠したものの、流産したあげくに余病を発して亡くなった。

いまは須磨の方の血縁にあたる小古牟《おこん》の方を側室に迎え、次男の小次郎《こじろう》をもうけたと聞いている。

「長福丸や、小次郎どのはすこやかになさっておられますか」

「は、おかげさまにて……」

「小古牟の方はすこやかな御方だそうですね」

「は、いかにも仰《おお》せのとおり、根が紀州の田舎育ちゆえ、胸や臀《しり》もおおきく、手

た。

扇子《せんす》で首をポンとたたいた。

足も太やかで、ごく堅固な躰つきのおなごにござる」

一瞬、笑みくずれかけて、吉宗は急に照れたように扇子《せんす》で首をポンとたたいた。

「や、や、や、これはどうも、下世話な……」

「よいではありませぬか。おなごも躰が堅固なのがなによりじゃ」

ほほえんだ天英院の顔に、かすかな寂寥《せきりよう》がかすめた。

天英院は嫁してから一度も子を身ごもったこともなく、夫の家宣との睦《むつ》みあいもごく淡いものだった。

不幸せとはいえないまでも、おなごとしての幸せは、ついぞ知らぬままだったといえる。

おなじ京の都から嫁いできた理子どのは、どうであったろう。

一瞬、そんな感懐に浸っていた天英院は、ふと近頃、大奥でも噂になった紀州藩のはなしを思い出した。

「それはそうと、吉宗どのは江戸屋敷の女中たちの多くに暇を出されたと聞きましたが、なんぞ不都合なことでもあったのですか」

「いや、いずれも、よう働いてくれる、躾《しつけ》のよくできたおなごばかりでござった」

「でも、それでは、お身のまわりが、ご不自由になりはしませぬか」

「なんの、年はとっても、気ばたらきのようきく達者な年寄りどもは残しましたゆえ、すこしも困りはしませぬ」

吉宗はこともなげに微笑した。

「暇を出した女中はいずれも、見目よい娘ばかりゆえ、暇を出せば、すぐにも良縁に恵まれましょう」

「なんと、では若いおなごばかりに暇を出されたのですか」

「さよう。なまじ屋敷奉公をさせていては、おなごの盛りを奪うようなものゆえ、里に帰してやれば縁づいて子作りもできましょうし、それに江戸屋敷の費《つい》えもすくなくなって藩も助かりまするゆえ」

吉宗は頬に苦笑をにじませた。

「なにせ、紀州家の藩庫は火の車でございましたから、すこしは藩の金繰りも楽になりましょう」

「ま、それほど奥向きの費えはおおきいのですか」

「それは、もう……江戸屋敷の費えは、国元の費えとはくらべものにならぬほど大金がかかるものでござる」

「では、この、大奥も……」

「さて、それは……ちと、もうしかねまする」

吉宗は双眸を糸のように細めた。

「なれど、ご案じめされますな。まちがっても天英院さまの御身のまわりに、ご不自由をおかけするようなことはございませぬ」

天英院はまじまじと吉宗を見つめた。

「政事《まつりごと》のことはなにもわかりませぬが、わが身の不自由は厭《いと》いませぬゆえ、何事も吉宗どのの思うがままになされますよう」

「かたじけのう存じまする」

吉宗は巨体を折り曲げ、深ぶかと頭をさげた。

五

はなしの接ぎ穂が途絶えたものの、天英院はまだ話し足りない気がしていたが、ふと、しばらく前に大奥でひそかにささやかれていた禍《まが》まがしい凶事が脳裏をかすめた。

「おお、そうじゃ……」

天英院は眉をひそめ、脇息《きょうそく》から身を起こして吉宗を見つめた。

「なんでも、今年のはじめ、吉宗どのが品川《しながわ》の伊皿子坂とやらで、刺客に襲われたと聞きましたが」

「ははあ、お耳に入りましたか」

吉宗はこともなげに苦笑した。

「なに、もう三月《みつき》も前のことにございますれば、ご放念くだされ」

「そのような僻事《ひがごと》をたくらんだのは、そも何者ですか」

「なんの……」

吉宗はこともなげに一蹴した。

「世の中は一寸先が闇。そのようなことをいちいち詮索《せんさく》してもはじまりますまい」

吉宗の双眸が細く切れた。

「ことあれかしといろいろと御方さまのお耳に入れるものもございましょうが、お聞き流しになされるのが天下の御為《おんため》にござる」

「なれど、何十人もの曲者《くせもの》が徒党を組んで、吉宗どのを襲ってきたというではありませぬか」

　なおも天英院は気づかわしげに眉をひそめた。

「さて……」

　吉宗は首をかしげて苦笑した。

「人数はいかほどだったかはわかりませぬが、陰守《かげもり》を務めてくれた者たちが、なかなかの遣い手揃いでしたゆえ、さいわい命拾いをいたしました」

「その陰守の者は、わずかに三人だったと聞きましたが」

「さよう……」

　吉宗はほろ苦い目になった。

「それも、それがしの近習《きんじゅう》どもではのうて、公儀目付の神谷忠利が手配してくれた、いわば臨時雇いの剣士たちでございましてな。近習の者たちは曲者どもに斬りたてられ、なすすべもございませなんだ」

　吉宗は太い溜息をついた。

「近習は藩でも腕におぼえのある者どもということでございましたが、どうやら道場だけの竹刀《しない》剣術と、白刃《はくじん》の修羅場を何度もくぐりぬけてきた剣士とでは、雲泥の差があるようですな」

「そうそ、なんでも、その陰守のひとりは公儀御目付の神谷忠利どのの弟だと聞きましたが……」

「ほう。よう、ご存じで……」

吉宗は呆《あき》れ顔になって失笑した。

「いかにも、その者は神谷家の次男で、神谷平蔵ともうす男でござる」

「神谷……平蔵」

「さよう。神谷家は徳川でも由緒ある譜代旗本の家柄でござるが、この平蔵は父の遺言でやむなく医者をしていた叔父の跡を継がされましてな。町医者を営むかたわら、剣道場の師範代もしているという、なんとも変わった男にござる」

「ま……」

「医師としての腕はどれほどのものかはわかりませぬが、剣士としてはなかなかの遣い手ゆえ、このまま市井《しせい》に埋めておくにはあまりにも惜しいと存じ、紀州家に仕えぬかともうしたところ、宮仕えは性にあわぬ、とあっさり袖にされてしまいもうした」

「ま、吉宗どのを袖にするとは、なんという変わったおのこであろ……」

天英院は双眸をおおきく見ひらいた。

「あとのふたりの陰守も、平蔵が日頃から懇意《こんい》にしている矢部伝八郎と笹倉新八ともうす剣士で、いずれも気随《きずい》気ままに暮らしておる者どもゆえ、仕官せぬかと声をかけてみましたが、平蔵とおなじく、あっさりと袖にされもうした」

吉宗は口の端にかすかに苦笑をうかべた。

「まぁ、上様御後見人の吉宗どのもかたなしでしたのね」

天英院はいかにも楽しそうに口元を袖で隠しながらほほえんだ。

「なんのなんの、この吉宗、そうはたやすくは引きさがりませぬぞ」

吉宗は顔の前で、団扇《うちわ》のような手をひらひらとふってみせた。

「なかでも神谷平蔵という男は、なんとも捨て置くにはもったいない人物ゆえ、いずれ時を見て、また口説《くど》き落としてくれようと思っておりまする」

「おや、ま、大変なご執心でございますこと……」

「政事ともうすものは、人づかいによってきまるものにございまする。ふさわしい人物を、ふさわしい務めに据えれば、万事が滞《とどこお》りなくはかどるものにございます」

天英院はほほえみながら、おおきくうなずいた。

# 第六章　予知せぬ遭遇《そうぐう》

## 一

古びた竹垣の向こうに青菜の畑がみずみずしくひろがっている。

ところどころに松や真柏《しんぱく》、楓《かえで》などの若木を育てている畑も見える。

この千駄木のあたりには植木屋が多いと聞いているから、若木を育てて庭木や盆栽《ぼんさい》に仕立てるのだろう。

神谷平蔵は竹垣の隅にある井戸端で、指に塩をつけて歯ぐきを磨きながら四月はじめの田園風景を眺めていた。

「おまえさま。朝餉《あさげ》の支度ができましたよ」

下駄の音がして、襷《たすき》がけした波津が声をかけながら近づいてきた。

「どうだ。ここは九十九の里にどこやら似ていると思わぬか」

「それに、なにやら空気もおいしゅうございますね」

波津は目を閉じて、うっとりと朝の大気を吸いこんだ。

「冬はちと寒いかも知れんが、囲炉裏《いろり》に火を焚《た》けばよかろう」

「そうですとも、ここは藁葺《わらぶ》き屋根ですもの。瓦葺《かわらぶ》きの屋根とちがって夏は涼しく、冬はこんもりして暖かいものでございますよ」

「そうだ。蚊帳《かや》を求めねばならんの。このあたりは夏になると蚊や虫がわんさとやってこよう」

「でも、そのかわり蛍《ほたる》も見られるかも知れませぬ」

「蛍か……九十九の夏を思い出すの」

「え……ええ」

「おまえが浴衣《ゆかた》を着た姿をまた見たいものだ」

「ま……おまえさま」

波津はふいに頬を赤らめて、つと平蔵のかたわらに寄り添い、そっと指をさぐりにきた。

はじめて平蔵と結ばれた夏の一夜を思い出したのだろう。

ここに転居してきてから、波津の表情もなにやら生き生きしてきたように見える。

団子坂をおりていくと、たいがいの店屋はあるし、青物や魚、豆腐に油揚げ、蒟蒻《こんにゃく》、納豆《なっとう》、煮豆などの日常の食べ物は、振り売りの小商人《こあきんど》が天秤棒《てんびんぼう》をかついで早朝から夕方までひっきりなしにやってくるから、日々の暮らしに不自由することはなさそうだった。

宮内庄兵衛は寡黙《かもく》だが、日に一度はぶらりと顔を出して、なにか不自由なことはないかと気をつかってくれる。

古いながらも頑丈な木組みでつくられている船簞笥《ふなだんす》を一棹《ひとさお》と、武家屋敷からの出物だという桐《きり》の衣装簞笥を用意してくれた。

船簞笥は平蔵の差し料の刀と薬草を入れておくのに使い、衣装簞笥は波津が使うことにした。

板張りの間に切られた囲炉裏の自在鉤《じざいかぎ》には、おおきな鉄の鍋までかけられてある。

竈《へっつい》には釜がかけられ、流し台のそばには水甕《みずがめ》と薪《たきぎ》の束が置いてあったし、外の鉄砲風呂には水まで汲《く》み入れておいてくれたので、転居した夕方には早速、風呂で汗を流すことができた。

しかも、門柱には檜《ひのき》の一枚板に［よろずやまい治療所　御医師　神谷平蔵］という看板までかかげてあった。

すこし立派すぎやしないかと気がさしたが、医者は見てくれが貧相では患者も信用しないと宮内庄兵衛はいう。

その看板がきいたのか、早速、翌日には腹病みの女と、仲間との喧嘩《けんか》で腕を折った大工がやってきた。

腹病みの女は胃腸が弱っていたので、波布茶《はぶちゃ》と干した翁草《おきなぐさ》をいっしょに土瓶《どびん》で煎《せん》じて空腹時に飲むよう処方してやった。

波布茶は胃の妙薬、翁草は腸の妙薬で、ともに服用すると相乗効果があるし、通じもよくなる。

飲みはじめて二日目には食欲も出たし、下痢《げり》も止まってすっきりしたと女は喜んで、坂下の饅頭《まんじゅう》をもってきてくれた。

折れた大工の腕は添え木をして包帯で固定し、痛み止めの薬をあたえて、酒と風呂は治るまでひかえろといって、当分のあいだ、ようすを見ることにしたが、まだ若いからおとなしくしていれば折れた骨もくっつくだろう。

このあたりには医者がいないせいか、それとも宮内庄兵衛の披露目《ひろめ》がきいているのか、日に一人か二人は患者が来る。

たいした稼ぎにはならないが、看板をあげたからには留守にするわけにはいかない。

転居してきた当初は伝通院の小川笙船の治療所に出向いて代診をするつもりでいたが、そういうわけにもいかなくなった。

そこで笙船と相談のうえ、昼前は千駄木の自宅にいて、昼過ぎから伝通院に通うことにした。

平蔵の足なら伝通院まで四半刻（三十分）とかからない。

小網町の道場のほうは井手甚内に頼んで十日に一度、出向けばいいということにしてもらった。道場には師範代の伝八郎もいるし、笹倉新八もちょくちょく顔を出して門弟の相手をしてくれるから、気にせずともよいと甚内もいってくれている。

伝八郎などは、ま、せいぜい医者で稼いで、おれたちに飲ませてくれりゃいうことなしだ、などと気楽なことをほざいている。

とはいうものの小川笙船のように裕福な患者がついているわけではないから、忙しいわりには実入りがそれほどあるわけではなかった。

それでも、波津は『味楽』の離れで躰をもてあましてごろごろしている平蔵を見ているよりも、日々せわしなくしている夫を見ているほうがうれしいと見え——おまえさま、稼ぐに追いつく貧乏なしともうしますよ——などと古女房のような口をたたいて喜んでいる。

女房などというのは、とかく亭主が忙しくしてさえいれば機嫌がいいもののようだ。

ま、そのぶん飯の菜にも気を配ってくれるし、帰ってくると風呂はちゃんと沸いていて、背中まで洗ってくれるから気分はいい。

二

——その日の午後。

平蔵は小川笙船に誘われて薬草摘みに出かけた。

裾を紐《ひも》で括《くく》った軽衫《かるさん》をつけ脇差しだけを腰に差し、脛《すね》には脚絆《きやはん》、足下は皮足袋《かわたび》に草鞋《わらじ》という旅装のような身なりだった。

いずれも笙船に借りたものだが、この時期の草むらには百足《むかで》などの毒虫がひそんでいるための用心だということだった。

笙船にいわせると、伝通院の裏側を流れる小石川大下水の水辺は江戸近郊でも薬草の宝庫だそうな。

大下水といっても糞尿《ふんにょう》が流されるわけではなく、近くの水田から流れ出した水を大川にみちびくための水路で、川幅も広く、川舟や猪牙舟《ちょきぶね》もひんぱんに行きかう清流で、メダカや鮒《ふな》はもとより鮎《あゆ》も遡上《そじょう》してくる。

南側は大名家の屋敷や寺院の土塀が立ち並んでいるが、北側のおおかたは田畑になっている。

笙船の野草の知識はおどろくほど多彩で、食用になるもの、薬草として使えるものをことこまかに教えてくれる。

「この三つ葉というのは刈り取ると何度も新芽を出すからの。食べてもうまいし、神経痛にも効くし、目もよくなる。ちょいとした腫れ物なら生の葉をすりつぶして塗りつければ腫れが引く重宝な草じゃ。……ほら、そこに芽吹いておる藪甘草《やぶかんぞう》は甘菜《あまな》といわれておるほど美味での。食えば憂いを忘れるといわれておるほどじゃ。これの辛子和《からしあ》えで一杯やるとこたえられんぞ」

「ほう、ずいぶん密生しておりますな」

あ「ふふふ、この蕾《つぼみ》を干して酒に漬けこんでおくと、おなごがよろこぶことうけあいじゃ」

「ははぁ、おなごに飲ませる酒ですか」

「アン……」

笙船、目をひんむいてから、ニヤリとした。

「バカをもうせ。ただでさえ、おなごは精の強い生き物じゃからな。藪甘草の酒など飲ませようものなら、毎夜、責めたてられて男は青びょうたんのようになるじゃろうて……なんなら、ご妻女に試してみられるかな」

「いや、それはちと……」

「ふふふ、ただし病みあがりや、産後の肥立《ひだ》ちが思わしくないおなごに飲ませると回復が早いことはたしかじゃな」

笙船はなにかというと、すぐ下ネタに走る癖があるが、その知識には刮目《かつもく》すべきものがあった。

「ほう。そこに山芋《やまいも》の蔓《つる》があるの。おぼえておいて晩秋のころ鍬《くわ》をかついで掘りにこよう」

「トロロ汁ですか。いいですな……」

平蔵は早速、ふところから手造りの帳面をとりだし、腰に差した矢立の筆で場所と日時を記しておいた。

そのあいだに笙船は嫁菜《よめな》をせっせと摘みとっては、腰の籠《かご》にとりこんでいる。

ふたりが網干坂の近くまできたときである。

坂下の橋のそばの川岸に腰をおろし、釣り糸を垂れていた一人の侍の竿《さお》が、ふいに弓のようにおおきく撓《しな》うのが見えた。

竿がいまにも折れそうなほどに湾曲《わんきょく》し、糸がぐいぐいと水面に引きこまれそうになっている。

侍は腰をあげ、竿先を立てて踏ん張っていた。

「ほう。あれはだいぶ大物のようですな」

「うむ……あの引きようは鯉《こい》か、尺鮒のようだの」

平蔵は笙船と顔を見合わせ、つられるように川岸の草むらを踏みしだいて近づいていった。

三

釣りというやつは男を童心に返らせてくれるものらしい。

侍は竿尻を腰にあてがい、竿先を立てながら水面を右に左に動きまわる糸にあわせて川岸を移動している。

竿は満月のように湾曲し、糸はいまにも切れんばかりにピンとはりつめていた。

「そのままでは糸が切れてしまいますぞ。すこし魚が弱るのを待ったほうがいいのではないかな」

見かねて笙船が声をかけた。

「口出し、ご無用!」

途端に鋭い叱咤《しった》が跳ね返ってきた。

「ほ、これは失礼……」

笙船は首をすくめて苦笑いした。

ジロリと一瞥《いちべつ》した侍の菅笠《すげがさ》をかぶった横顔に刀痕《とうこん》が見えた。

それも並みの刀傷ではない。左の耳朶《みみたぶ》がすっぱりと斬りとられているほどの凄まじい刀痕だった。

刀傷は斜めに細く一筋、頬を走っている。

傷跡は古いものだったが、かつて生死を分けるほどの斬り合いをしたにちがいない。

しかも、足の運びよう、腰の据わり方、竿をつかんだ両手の使いようを見ても、相当に武芸の修行を積んできた者だと平蔵は見てとった。

「こいつは我慢くらべだの」

笙船はよほど釣り好きらしく、子供のように双眸《りょうめ》をかがやかせた。

「こりゃ獲物が弱ってくるまで、糸がもつかどうかの勝負じゃな」

侍が糸の引きにあわせて移動するのについて歩きながら、二人は息をつめて見守りつづけた。

ふいに水中でぎらりと銀鱗《ぎんりん》がきらめいて、もがくように魚体がおおきく反転した。

侍が片手で釣り竿をあやつり、じわじわと糸をたぐりよせ、弱ってきた尺鮒が水面にあがってきたところを土手に引き上げようとしたときである。

いきなり侍が腰を斜めにひねりざま、白刃《はくじん》をきらめかせた。頭部を斬りはなされた一匹の蛇が、縄のように体をくねらせながら宙に舞い、水面に落下してもがいている。

「おのれっ」

侍は左手で竿をもったまま、胴から斬りはなした蛇の頭部を、草鞋の底で踏みにじって蹴飛ばした。

「そのまま動かれるな」

平蔵が声をかけながら駆け寄り、侍が踏みつぶした蛇の頭部をあらためた。

踏みにじられた蛇の頭は無惨につぶれていたが、三角状に尖った頭はあきらかに蝮《まむし》のものである。

「笙船どの。こいつは蝮ですぞ」

「なにっ、蝮だと」

笙船も顔色を変えた。蝮の毒は血の管に入って、血とともに心ノ臓にまわると命を落とすこともある猛毒である。

「その竿をよこしなされ！　釣りどころではありませんぞ」

平蔵は侍の手から強引に竿をもぎとると、岸辺の土手に竿の根元を突き刺した。

「お、おいっ。き、きさまら、いったい何者だっ」

「ふたりとも医者でござる。蝮の毒は下手《へた》をすれば命にかかわる猛毒ですぞ。手当ては一刻を争う。よろしいな」

「う、うっ……わ、わかった」

さすがに事態の急がわかったと見え、侍は刃を鞘《さや》に収めると、どっかと草むらに腰をおろし、両足を投げ出した。

笙船はすぐさま侍の足首をつかみとり、蝮の嚙み口をあらためた。

嚙み口は左の足首、脹《ふく》ら脛《はぎ》の下で、牙《きば》の痕がふたつ、ポツンと血がにじんでいる。

「よし、ここなら血の管も細い。なんとかなろう。まずはこの上を紐で縛り、嚙み口のまわり一寸、いや二寸は抉《えぐ》りとることだの」

「は……」

平蔵はすぐさま脇差しの下げ緒を小柄《こづか》で切り取り、笙船に手渡すと、肥前忠吉の脇差しを抜いた。

笙船は受け取った下げ緒で脹ら脛の上部をきりきりと巻きしめた。

さすがに侍は観念したように身じろぎひとつせずに、二人の処置を見つめている。

断るなり、平蔵は足首をつかみ、嚙み口のまわりの肉を、刃《やいば》の切っ先でためらうことなく抉りとった。

「うっ……」

侍は一瞬、鋭いうめき声を発したが、双眸をカッと見ひらいたまま痛苦に耐えた。

「そのまま、そのまま、動かれてはなりませんぞ」

平蔵は片膝ついて抉りとった傷跡に口をつけ、あふれ出す血を吸いとっては吐き、吸いとっては吐いた。

笙船は腰にさげていた印籠《いんろう》から数粒の黒い丸薬をつまみだし、掌に乗せると腰に吊るしてあった小ぶりな瓢簞《ひょうたん》から黄色い液体をかけて指先で丹念に練りつぶした。

「この丸薬は毒消しの特効薬での。こうやって蝮酒で溶かして傷口に塗りつけると卓効がある」

「蝮酒……」

「そうよ。何事も毒を制するには毒をもってするという。蝮酒は百足や蜂の毒に

「御免……」

もよう効く。おぼえておかれるがよい」

ニヤリとした笙船は腰の手拭いをふたつに裂いて、ひとつに練りつぶした毒消しの薬を塗りつけ、傷口にあてがうと、残り半分の手拭いを包帯がわりに巻きつけた。

「これでよし、と……あとはしばらくのあいだ動かぬほうがよい。動けば血のめぐりがようなるゆえ、毒もまわりやすい。手当てが早かったから命にかかわることはあるまいと思うが、今夜あたりは足がパンパンに腫れて熱も出てこよう。冷たい水に浸してしぼった手拭いをあてておくほうがよかろうな」

笙船は腰の印籠からとりだした丸薬を懐紙《かいし》につつんでさしだした。

「これは毒消しと痛み止めの妙薬でござる。大事ないとは思うが、念のためにさしあげておきましょう」

「これはかたじけない」

侍はおしいただいて、懐にしまいこんだ。

「いずれ、日をあらためて御礼にうかがいたいが、先生のお住まいはいずこでござろう」

はじめの高飛車《たかびしや》な言動とはうってかわり、侍の態度は一変して丁重なものになった。

「ははは、袖摺《そです》り合うも多生の縁。礼などは無用じゃが、数日たっても腫れが引かぬときは伝通院の拙宅にまいられよ。あのあたりで貧乏医者の小川笙船と尋《たず》ねられたら知らぬものはござるまい」

そのとき、網干坂のほうから空き駕籠《かご》がやってくるのが見えた。

「おお、ちょうどよかった。あの駕籠で帰られたがよい。そなたの住まいはどこじゃな」

「牛込《うしごめ》の小《こ》日向町《ひなたちょう》でござる」

「ああ、小日向というと石切橋《いしきりばし》のそばじゃな」

「いかにも……」

「その足で小日向まで帰るのはきつかろう。あの駕籠かきは権太《ごんた》というてわしのところにもようくる男じゃ」

笙船は気さくに片手をあげて駕籠かきに呼びかけた。

「おうい。権太。ここじゃ、ここじゃ……」

# 四

平蔵は診療室に使っている板張りに茣蓙《ござ》を敷いた六畳間で、足を挫《くじ》いたという二十歳そこそこの男の診察をしていた。

この男は駒込富士前町《こまごめふじまえちょう》の棟割り長屋に住んでいる作次《さくじ》という植木屋の見習い職人だった。

今朝、仕事に出かけようとして長屋を出たところで、いきなり野良犬に吠えたてられ、蹴飛ばそうとしたところ、ぬかるみに足をすべらせ挫いたのだという。

右足の親指の付け根が赤くなって、パンパンに腫れている。

平蔵が患部を指でおすと「いててっ、いてぇよ。せんせい」頑丈な躰にもかかわらず、だらしない悲鳴をあげた。

「すこしは我慢しろ。いい若いもんが情けない声を出すな。骨にヒビが入ってるかどうか診《み》ているところだ」

「冗談じゃねぇ。あれくれぇのことでヒビが入るようなヤワな骨はしてねぇぜ」

「なんの、はずみというのは怖いもんでな。ちょいとしたことで骨がポキリと折れることもある」

「ちきしょう、あのワン公の野郎め。こんど見っけたらタダじゃおかねぇ。ぶっ殺して犬鍋にして食ってやる」

「ふふふ、ぶっ殺す前に嚙みつかれないように用心しろよ」

平蔵はからかいながら痛めた足首に湿布薬を塗りつけた布をあてがい、油紙を巻きつけて、包帯を巻いてやった。

「どうなんです。せんせい」

「そうさな、ま、日に一度湿布をしていれば五、六日で痛みはやわらぐだろう。女房はいるのか」

「へ、そんなめんどくせぇもんはいねぇよ」

「だったら、腫れが引くまで、しばらく通うんだな」

「冗談じゃありませんぜ。それじゃ仕事に出られやしねぇや」

「バカ。どっちにしろ、この足じゃ仕事なんぞできんだろうが。早く治したかったら、しばらくは湿布をつづけることだ。通えんのなら往診してやってもいいぞ」

「往診……」

作次が目ン玉をひんむいたとき、表の木戸がガタピシと鳴ったかと思う間もなく、矢部伝八郎がぬっと診療室に顔を突き出した。

「ほう、朝っぱらから怪我人か、商売繁盛でけっこう、けっこう」

どっかと板の間に腰をおろすと、腰の刀をはずしてニヤリとした。

「ははぁ、足を痛めたらしいの。まずは診察代に治療代、それに薬代こみこみで五百文というところだな」

「げっ、五、五百文！　そ、そいつはべらぼうですぜ」

「なにがべらぼうだ。この男はそんじょそこいらの藪医者《やぶいしゃ》とはわけがちがう。長崎帰りの名医だぞ。本来ならちょいと診察しただけで二分か三分はもらうところだが、ま、ご当地開業のお披露目というところで特別に五百文に負けてやろうというのよ」

ジロリと凄みをきかせてニヤリとした。なにせ、伝八郎は六尺を越す巨漢である。

「そ、そんな……」

作次、泡を食って平蔵に泣きを入れた。

「せ、せんせい……いってぇ、こ、このおさむらいはせんせいのなんなんです」

五

「はっはっはっ……あいつめ、たかだか五百文と聞いただけで目ン玉ひんむいてやがった」

伝八郎は波津が出してくれた煎餅《せんべい》をバリバリかじりながらおもしろそうに笑いとばした。

「おまえが横合いから二百文でいいなどとよけいなことをいった途端にホッとしておったが、あんなしみったれた患者ばかりじゃ医者稼業もたいして儲《もう》かりそうもないのう」

「こいつ……」

平蔵、苦笑いした。

「しみったれとはなんだ。あの男は植木屋の職人だが、まだ半人前の見習いだ。日当も安いし、それに植木屋などというのはお天気しだいだから、月の稼ぎはたかが知れておる。家賃払って飯食うだけでカツカツというところなんだぞ」

「それがどうした」

「いいか。それが足を挫いて仕事にも出られんとなりゃ、布団でも質に入れなきゃ飯も食えなくなるんだぞ。そんな男から五百文もふんだくれると思うか。たかだか五百文なんぞとよくいえたもんだ。すこしは人の身になってものをいえ。バカ」

「ちっちっちっ！」

伝八郎、舌打ちすると、したり顔になって一蹴した。

「なにをいうか。バカはきさまのほうだ。ええ、おい。病人や怪我人なんてものは、そうそう毎日あるもんじゃなかろうが。カモが飛びこんできたときにたんまりしぼっておくのが医者ってもんだぞ」

「おい、カモだの、しぼるだのと、まるで金貸しみたいなことをぬかしおって、いつからそう品性下劣になったんだ。ええ」

「品性下劣とはなんだ。暮らし向きの銭を稼ぐのはすこしも恥ずかしいことではないぞ。ン、きさまこそ、このところ伝通院の施《ほどこ》し医者にかぶれおって、医者は仁術《じんじゅつ》などという世迷《よま》い言《ごと》にたぶらかされておるのではないか」

「世迷い言とはなんだ。医者から仁の一字をとったら阿漕《あこぎ》な商人とおなじく銭の亡者になりかねん」

「おりゃ、なにも銭の亡者になれとはいっておらん。医者も身すぎ世すぎの商売のひとつだろうが。ならば、だ。きっちりといただくべきものは、しっかりといただかんとアゴが干上がることになるといっておるだけよ」

伝八郎、ぐいとアゴを突き出してまくしたてた。女にはからきし弱いが、屁理屈《へりくつ》はけっこう達者なもんで、平蔵もしばしばやりこめられることがある。

「いいか、おい……」

舌なめずりした伝八郎、ひと息入れてから、ここぞとばかりに一気にまくしたてた。

「いうならば、この世の中、銭がないのは首がないのもおんなじよ。剣術も、医術も、算用なしじゃやってはいけん。そうだろうが」

「ちっ！　おれはなにもタダで治療をしてはおらんぞ。それ相応の治療代はもらっておる」

「それよ、その相応が甘いのよ。門前、市をなすほど患者がおしかけてくるような医者ならそれもよかろうが、きさまのところは、せいぜいが、ま、日にひとりか、ふたり……下手をすりゃ、閑古鳥《かんこどり》が鳴きかねんありさまだろうが。たまさか飛びこんできた客の懐具合《ふところぐあい》を忖度《そんたく》して、安売りしてたんじゃ、そのうち波津どのともども首を吊る羽目になるぞ」

「こいつ…………」

平蔵、憮然《ぶぜん》として伝八郎を睨《にら》みつけた。

いうことには一理ある。が、余人ならともかく、伝八郎にだけはいわれたくはないと平蔵は思う。

「そういう、きさまはどうなんだ。ええ、おい……なにかありゃ、一杯飲ませろだの、ちくと金を貸せだのと、人のふところをアテにしちゃたかってばかりいたくせに、いまさらえらそうな能書きをたれるな」

「ン……」

痛いところをつかれて伝八郎、目をパチクリさせた。

「だいたい、こんな朝っぱらから道場ほっぽらかして千駄木くんだりまでのこのこやってきたのは、おれの尻をたたくためか。ン」

「バカをいえ。わしはそんな暇人じゃないぞ。女房と育ち盛りの三人ものガキを抱えてだな、日々、必死と稼ぎに精を出しておる」

「ほう。そのわりには、一向に所帯やつれしたようには見えんがのう」

「こら、茶化すな……」

口をとんがらした伝八郎が真顔になって、ぐいと膝を乗り出し、ちらりと台所の波津を見やって声をひそめた。

「おれが多忙の合間を縫って、わざわざ団子坂をえっちらおっちらのぼってきてやったのは、きさまの耳に是非とも入れておいてやりたいネタを仕入れてきたからだぞ」

したり顔になって、ウンとおおきくうなずいた。

「なんだ。もったいつけずに言ってみろ」

「そうはいかん。このネタを仕込むにはそれなりの苦心と、仕入れ代がかかっておるのよ」

伝八郎、まぶしそうに二、三度せわしなく目をしばたいてから、照れくさそうにニタリとした。

「仕入れ代……」

「そうよ。このネタの仕入れ元は、ほら、北町同心の斧田《おのだ》どのの下っ引きをしておる留松《とめまつ》での。あいつにひょっこり出くわして、さんざん飲み食いさせて聞き出したわけよ」

「ははん……」

平蔵、ようやく矢部伝八郎の腹が読めてきた。

「それが、仕入れ代か」

「おい。そう、あっさりいうな。酒はたらふく飲ますわ、やれ煮物だ、焼き魚だのと盛大に振る舞ったはいいが、おかげでおれの財布はすっからかんのカラッケツで、このざまだ」

ぼやいた伝八郎、ふところから巾着《きんちゃく》をつかみだし、さかさにふってみせた。文銭がチャリンと侘《わび》しい音をたててころがった。

「ま、至極当然、いうならば因果《いんが》応報《おうほう》というやつだな」

「お、おい。それはなかろうが、それは……」

「だいたい、きさまはむかしから後先考えずに鯨飲馬食《げいいんばしょく》するやつだ。仕入れ代とはよくいえたもんだな。おおかた留松といい気になってオダをあげたにきまっておる」

「冗談じゃない。おれはあくまでも、きさまのためにない袖をふってだな……」

「ちっ、よくいうな。とどのつまりは無心がめあてか」

平蔵、渋い目でじろりと伝八郎を見やると、ふところから一分銀をふたつ、つまみだした。

「おっ……」

伝八郎、食いつきそうな目になった。

「ま、これだけあれば当分はしのげるだろう」

「すまんのう。さすが、竹馬の友だけのことはある。恩に着るぞ」

「そんな暑苦しいものは着てもらわんでいい。それより、そのネタしだいではひっこめるかも知れんぞ」

「そんな殺生《せっしょう》な」

伝八郎、素早く銭をつかんで巾着にしまいこんだ。

「いや、もつべきものは友だの。これで一息つける」

いそいそと巾着を懐中にしまいこんだとき、波津が盆に湯飲みをふたつと、イタドリの酢漬けを刻んだ小鉢を運んできた。

「なにもございませんが、笙船先生からいただいた連銭草の古酒を井戸水でよく冷やしてまいりましたの。たいへんに御精《ごせい》がつくそうですから、お試しくださいまし」

「お、これはこれは、かたじけない」

伝八郎が相好をくずして湯飲みに手をのばした。

平蔵、思わず苦虫を嚙みつぶした。

まさか波津に連銭草は強精の妙薬だというわけにはいかず、躰の疲れをとるのに卓効がある古酒だといっておいたが、伝八郎のような男に飲ませようとは思いもよらなかった。

「ううむ。こいつはコクがあってなかなかうまいのう。いかにも精がつきそうですぞ」

伝八郎はいたってご満悦のようだった。

――ちっ！　この盛りのついた種馬みたいなやつに、これ以上精をつけたらどういうことになるかわからんぞ。

六

「おい。ところで、その留松から聞きこんだネタとはなんなんだ」

平蔵がうながすと、伝八郎はイタドリの酢漬けをバリバリと嚙みながら、ちょっぴり赤らんできた顔をあげた。

「おお、それよ、それ……」

ゲップをひとつして、声をひそめた。

「きさまが先日、蝮に嚙みつかれて治療してやったという侍だがな。左の耳朶が刀で切りとられた痕があったといってたろうが」

「ああ……あの御仁《ごじん》がどうかしたのか」

「いいか、おどろくなよ。その男、まず十中八九、味村どのから聞いておった尾張の柘植杏平という暗殺専門の刺客だぞ」

「なにぃ……」

「実はの。その男、数日前、蒲田村の茶店で、小諸《こもろ》藩の藩士を二人、無礼討ちにしたらしい」

「無礼討ち……」

「そうよ。茶店の主人や女中たちが何人も見ておったうえ、当の本人が逃げも隠れもせず、尾張の柘植杏平と名乗り、役人に無礼討ちにしたいきさつを申し立てたらしい」

「ふうむ。小諸藩はそれでひっこんだのか」

「ああ、ひっこむもなにも、その二人は泥酔したあげく、女中を手込めにしようしたうえにだ、その柘植杏平の座敷に逃げこんできた女中を追いかけて抜き身の刀を手にしたまま踏みこんできたというから、小諸藩としても、いちゃもんのつけようもなかったんだろうよ」

伝八郎、ウンとひとつおおきくうなずいた。

「おまけに小諸藩は一万五千石の小藩、相手は御三家筆頭の尾張六十万石だ。喧嘩にもなにもなりゃせん。泣き寝入りよ」

「武士の風上にもおけんやつらだな」

「しかも、さらに凄いのはその斬り口だったそうだ。検屍《けんし》した役人によると、斬られた侍はふたりとも躰がまっぷたつに斬り割られていたんだそうだ」

「ほう。真っ向唐竹割り《からたけわ》というやつだな」

「うむ。見ていた茶店の亭主のはなしだと、斬った柘植杏平は座ったままで、後ろ手に刀をつかみとるなり、キラッキラッと刃が光ったところまでしか見えなかったらしい」

「座ったままで、か……」

「おお、気がついたら二人とも血しぶきあげてずどんとぶっ倒れていたというから、まさに電光石火というやつだろうよ」

「ふうむ……」

平蔵の脳裏に味村武兵衛から聞いた柘植杏平が自得したという「石割ノ剣」という異形の剣法のことがかすめた。

「もしかしたら、それが石割ノ剣というやつか」

「石割ノ剣、か。ううむ、そうかも知れん。なにしろ、検分した役人が斬り口の凄まじさにたまげたというぞ」

「柘植杏平が暗殺専門の刺客だとしたら、呼び寄せた目的はなんだ」

「わからん。もしかしたら、またぞろ紀州の……」

「それどころか、おれたちがめあてかも知れぬな」

「そうか、切通坂のこともあるからのう」

伝八郎、うなずいてニヤリとした。

「おい。もしかしたら、またまた、われわれに吉宗公の陰守役がまわってくるかも知れんぞ」

「よしてくれ。おれは二度と御三家の争いごとにかかわりたくはない」

「いいじゃないか。十日やそこいらで二十五両もの大金がころがりこむんだぞ」

「まったく、きさまってやつは……」

「それにしても金ってやつはあるところにはあるもんだな。その柘植杏平とかい

う男、座敷を汚した詫び料だといってポンと十両もの大金を置いていったという
から、なんとも気前のいいはなしだと思わんか。十両だぞ、十両」

伝八郎、しきりに十両にこだわっている。

「な、十両もありゃ、女房を拝み倒さずとも、半年は飲み代に困らんだろうよ。

くそっ、茶店のおやじめ、さぞかし、ほくほくもんだったろうて……」

羨《うらや》ましそうに唸《うな》り声をあげた。

「バカ。つまらんところで話をそらすな」

平蔵、苦笑いした。

「それよりも、その柘植杏平が、なんだって、おれが小石川の川っぺりで出会った釣り人だときめつけるんだ」

「きまっとろうが、左の耳朶の刀傷よ」

伝八郎は自分の耳朶をつまんで、ウンとおおきくうなずいた。

「茶店のおやじも、役人も証言しておる。あんな凄い刀傷は見たことがないといっておるそうだ」

「しかし、刀傷だけではきめつけられんだろう。世の中広いからな。刀傷のある侍などいくらでもいるだろう」

「いや、まちがいない。斧田さんが下っ引きの留松に、その川っぺりで蝮に嚙まれた侍が駕籠で帰ったという、小日向の借家をあたらせてみたところ、なんと、その侍はちゃんと柘植杏平と名乗って女といっしょに暮らしておることまでわかったのよ」

「ほう。ご妻女がいるのか……」

「いやいや、ところがどっこい、そこが、またまた、おどろき桃の木山椒《さんしょ》の木ときたもんだ」

伝八郎、講釈師のようにポンと膝をたたいた。

「なんと、そのおなごは蒲田の茶店で柘植杏平の座敷に酌取《しやくと》りに出ていた、お露という女中だったのよ」

「ほう……」

「ま、女房というより、月ぎめの江戸妻というところらしいがな。それにしても手の早いやつよ」

伝八郎、台所の波津に目をやると、声をひそめた。

「きさまもむかしから、おなごには手が早かったが、その上を行く早業だな」

「おい、つまらんところで、おれを引き合いに出すな」

台所で波津がくすっと笑っている。

「ン……こりゃ、まずかったかな」

「ちっ。ま、いい」

「ともかく、小日向とくりゃ千駄木とは半刻（一時間）とはかからん。用心するにしくはなしだぞ」

伝八郎、急に声をひそめた。

「それをいうなら、きさまや新八どのもおなじだろうが」

「まぁな……」

ふいに庭で小鳥の鳴く声がした。

ツクツッツ――、ツクツッツ――……、カン高く透る、よく澄んだ鳴き声である。

「いい声だな……」

小鳥の鳴き声につられて平蔵が縁先に出てみた。

「おまえさま。ほら、あれはコガラですよ」

庭に出ていた波津が椋《むく》の梢《こずえ》を指さして、小手をかざして見た。

「おお、あれがコガラか……」

庭の片隅に小枝をひろげている椋の木の梢に白い胸毛をした一羽の小鳥がとまっている。

四十雀《しじゅうから》の仲間で、九十九の里ではよく見かけた小鳥だった。じっとしていると平気で人の肩にとまりにくるほど人なつっこい小鳥だ。

波津が椋の木陰に歩み寄って口をすぼめ、ツクツッツ～と囀《さえず》った。

波津もコガラに誘われて九十九の里を思い出したようだ。

「ツクツッツ～か……なんとものどかだのう」

伝八郎がぼそりとつぶやいて、のそりと腰をあげた。

「さてと、そろそろ帰るとするか」

どうやら伝八郎も里心がついてきたらしい。

# 第七章　生涯一剣士

## 一

——あの御仁《ごじん》が、神谷平蔵どのだったのか……。

柘植杏平は猫の額ほどのちいさな庭に面した縁側に腰をおろし、立て膝をかかえながら放心していた。

蝮《まむし》に嚙まれた足首は、まだすこし腫れは残っているものの、歩行にさしつかえるようなことはなかった。

「もはや、ご案じなさることはござらんでしょう」

今日、過日の礼をいうため、伝通院前の小川笙船宅を訪れたとき、傷跡を診《み》た笙船が太鼓判《たいこばん》をおしてくれた。

「さすがは神谷どのじゃ。はじめに嚙み口を大胆に抉《えぐ》りとったのがよかったのでしょうな。しかも切り口が綺麗だったせいで、肉のあがりも順調のようですぞ」

「あの、御仁は……神谷どのともうされるのか」

「さよう。神谷平蔵どのともうされて、なんでも大身旗本のご子息に生まれながら、よんどころない事情で屋敷を出られて町医者になられたそうで、医者としてはともかく、剣術の腕はたいしたものでしてな。わしもところのやくざ者に襲われたとき、神谷どのに助けられたのが御縁で、以来、昵懇《じっこん》にさせてもろうております」

「…………」

「そうそう、そういえば代診の医生のはなしでは、なんでも今年の一月ごろ、紀州の吉宗公が伊皿子坂で曲者《くせもの》の集団に襲われたとき、陰守《かげもり》をしていた神谷どのたちのはたらきで吉宗公を守りぬいたそうでな。いっときは瓦版《かわらばん》にもなったと聞いておりますぞ」

「…………」

「ふふふ、人の命を救う医者が、いっぽうでは容赦なく人を斬る。なんともはや、おかしな御仁でござるよ」

――おなじ陰守でも、わしと神谷どのとではおおちがいだ……。

栢植杏平はつくねんと立て膝をかかえたまま、庭の片隅に植えてあるツツジの花を眺めたまま身じろぎもしなかった。

お露が台所の流し台の前で襷《たすき》がけになって釜のなかの米をといでいたが、ときどき気遣《きづか》わしげに杏平のほうをふりむいていた。

お露は島田《しまだ》に結いあげた髪を手拭いで姉さまかぶりにし、紅鹿《べにか》の子《こ》の紐《ひも》で襷がけ、袂《たもと》をしぼっている。

裾前をたくしあげ、帯の下に挟み、素足に下駄をつっかけている。

蒲田村の茶店で女中をしていた面影はどこにもなかった。

米をとぎおえた釜を竈《へっつい》にすえると、お露は頭の手拭いをはずし、濡れた手をぬぐいながら土間からあがってきて、たくしあげた裾前をおろし、杏平のかたわらに座った。

「どうかなされましたか……」

お露が気遣わしげに杏平の横顔をのぞきこんだ。

「うむ……」

「伝通院からお帰りになってから、なんとのうお顔の色がすぐれぬように見えまする。……もしや、お医師からなんぞ気にかかることを、お聞きになったのではありませぬか」

「いや、笙船先生は蝮の毒は抜けているゆえ、もはや心配はいらぬともうされた」

「それはようございました。いっときはどうなることかと案じておりましたが、よほど手当てがよかったのでございましょう」

お露は青々と剃りあげたばかりの眉に安堵《あんど》の色をうかべた。

化粧ひとつしていないが、二十七歳の盛りを迎えた女体は匂いたつような色気に満ち満ちている。

二

柘植杏平がこの小日向に仕舞屋《しもたや》を借りうけ、お露と所帯をもつようになって十日あまりになる。

尾張藩では杏平に戸山の下屋敷に長屋をあたえようとしたが、杏平はあくまでも藩主から陰扶持《かげぶち》をあたえられているだけの臨時雇いの身分であることを理由に固辞し、町家住まいを望んだ。

尾張城下にいるときも、杏平は藩の拝領長屋には住まわず、町家住まいを望んだ。

生涯一剣士をつらぬくことが、杏平の武士の一分《いちぶん》だったからである。

尾張藩主から陰扶持を受け、陰守の役を引き受けてはいるものの、それは剣の腕を買われているだけのことで、尾張藩に忠節を尽くさなければならないという恩義は微塵《みじん》もなかった。

藩内の不平分子や、不正をはたらいている藩士を斬ったことはあるが、そのときも士道に悖《もと》る輩《やから》と見たからである。

藩の重臣のなかには、そういう杏平を意固地者と見て嫌うものもすくなくなかったし、藩内で杏平と親しくしようという者もいなかった。

杏平はかつて妻を娶《めと》ったこともなく、また欲しいと思ったこともなかった。

妻をもてば否応なく縁戚の係累にとりこまれ、やれ法事だ、祝い事だ、相談事だと煩《わずら》わしいことにいちいち足を運ぶことになる。

ことに尾張は他国よりも係累のつながりを重んじる国柄である。

下手をすれば一年の半分は、顔もろくに見たことのない遠縁の葬儀や法事、さまざまな祝い事にいたるまで縁者とのつきあいに足を運んだり、祝いや供物《くもつ》の金品に頭を悩ますことになる。

おなごが欲しくなれば金を出して買えばすむことだ。

――まっぴらだ。

そう思っていたからである。

近くの女房たちを見ていると呆《あき》れるほど詮索《せんさく》好きで、埒《らち》もないことをとめどなくしゃべっては暇をつぶし、ひたすら身を飾ることに生き甲斐《がい》をおぼえる生き物のようだった。

お露という女は四半刻ほどいっしょに過ごしているあいだ、よけいなことは口にしないし、杏平の問いには素直に答える。微塵も気疲れのしない女だった。

茶店の女中をしていながら、世間ずれしたところもないし、充分に女らしさも失っていない。武家の出だけに立ち居振る舞いにも品があるし、肌身も女盛りのみずみずしさを失っていなかった。

そこが気にいって、茶店の主《あるじ》に江戸妻にしたいと交渉したのである。

江戸妻は江戸囲いとも呼ばれて、江戸に出てきたときだけの妻、つまりは妾奉《めかけぼう》公《こう》である。ほかにも十日囲いとか、月囲いなどという期限つきの妾奉公もあるが、それよりは期限が長く、手当ても高い。

参勤交代で江戸藩邸にきた武士は国元に妻を置いてくるが、なかでも高禄の武士は花街《かがい》で娼婦を買いあさるのも外聞が悪いし、娼婦は味気がない。

そのため藩邸から離れたところに仕舞屋を借りて、江戸妻をもちたがる者が多く、見目よい女を斡旋《あっせん》しては口銭を稼ぐ口入れ屋がいて繁盛していた。

茶店の主なども、その口だったから、二つ返事で引き受けた。

杏平は藩邸の小者に文《ふみ》と支度金を渡して、お露を呼び寄せた。

柘植杏平もはじめは江戸妻のつもりだったが、いまではお露を金輪際《こんりんざい》手元から放したくない気持ちになっている。

三

「お露……」

杏平は首をひねって、お露を見つめた。

「たしか、そなたの生国《しょうごく》は越後の村上だったな」

「はい……」

「母御は健在なのか」

「ええ。まもなく五十になりますが、生家が百姓ですので、いまだに田畑を耕して元気で過ごしているそうです」

「ほう、田畑を……」

「はい。わたくしはもともと武家の生まれではありませぬ。十六のときに、普請方をしておりました夫のもとに女中奉公にあがりましたが、三年目に、その……」

お露は羞じらって口を濁した。

「ははぁ、夜這いでもされたか」

「いいえ。その日は親戚に祝言《しゅうげん》がございまして、わたくしが一人で留守居をしておりましたが、掃除をすませて、あまり暑かったので行水をしておりましたら、ふいに夫が帰ってまいりましたの……」

そういうと、お露は羞じらうように言いよどんだ。

「ははぁ、そこでそなたの裸を見て、むらむらっときたか……」

「ま……」

「ふふふ、なに、よくあることよ。わしでもそうしたであろうよ」

ふいに杏平は腕をのばし、お露の肩をぐいと引き寄せた。

「あ……」

お露は膝をくずし、躰を杏平の腕にゆだねてきた。

「よいではないか。それだけですまさずに、そなたを嫁に迎えてくれたご亭主は立派なものだ」

「え、ええ……それは、心根の優しいおひとでしたから」

「それだけではあるまい。おおかた、前まえから、そなたを見そめておったのであろう。そなたには、どこか男のこころを和《なご》ませてくれるものがあるゆえな」

「そうでしょうか……」

「蒲田の茶店でそなたを相手に暫時《ざんじ》過ごしているあいだ、わしはなんともいえずこころが和むのをおぼえた。おなごと話していて、あれほどこころが安らいだことはこれまでついぞなかったな」

柘植杏平は、ぼそりとつぶやくようにいった。

「あれが茶店でのうて旅籠《はたご》なら、わしはそのまま何日も居続けしたであろう。そなたをここに呼び寄せ、ひとつ屋根の下で暮らすようになってから、生まれてはじめて人がいう幸せとはこういうものであったかとわかったような気がする」

「おまえさま……」

お露はそっと柘植杏平の厚い胸に頬をすりよせた。

「それにしても、よう、わしのところに来てくれたの」

「はじめは迷いました。おまえさまが、どのようなつもりで、わたくしを呼び寄せようとしておられるのか、わかりかねましたゆえ……」

あの惨劇のあと、数日とたたぬうちに尾張藩の小者が杏平の文と十両の金を携《たずさ》え、蒲田村の茶店にやってきた。

──あの、おひとは本気だよ。もしかしたら、あんたにも運が向いてきたのかも知れない。

茶店の主人は杏平から大枚の周旋料をもらっていたらしく、お露をえびす顔で送り出してくれた。

お露はせいぜいが江戸にいるあいだだけの囲い者にするつもりだろうと思っていたが、それでもいいと思った。

杏平が借りてくれた小日向の家は四間もある、こざっぱりした一軒家で、おまけに杏平は大家や近所の人にも、お露のことを妻だと披露したのである。

どうせ世間体だけだろうと思ったが、どっちみち、いままでの暮らしよりはましだろうと思った。

## 四

「わしはな。どうやら、生来、人に好かれぬように生まれついているらしい」

杏平は両手で膝小僧をかかえながら、遠くを見つめるような眼差しになってつぶやいた。

「藩の者はわしと顔をあわすと目をそらそうとするし、おなごはわしと目があっただけで、だれもが眉をひそめて逃げ腰になる」

「そのようなことをもうされますな。きっとそれは、おまえさまの、この傷跡が怖かっただけでございますよ」

お露はそっと杏平の左耳に残っている凄まじい傷跡に指をあてた。

「いや、そうではあるまい。おそらく、わしにはどこかに捨て子だという拗《す》ね者根性がしみついているのかも知れぬ」

杏平は自嘲《じちょう》するように述懐した。

「赤子のころは和尚《おしょう》の妻女がなんとか貰い乳をして育ててくれたそうだが、なにせ、わしはちいさいころから手のつけられぬ乱暴者での。さすがに和尚どのも、これは坊主には不向きと見たのであろう。十一になったとき、檀家《だんか》の柘植という尾張藩士に家を継ぐ男子がおらぬというので和尚どのが頼みこんで養子にしてもろうたのよ」

柘植の養父は康之助《こうのすけ》といって書院番《しょいんばん》をつとめる温厚な人柄だったが、杏平が学問よりも剣術のほうが向いていると見たらしい。

そこで、藩士だけが通うことが許されている尾張の柳生道場に通わせたところ、杏平はまるで水を得た魚のように日々道場通いに没頭し、めきめきと腕をあげ、十七歳のときに目録を、そして十九歳で免許を許されるまでに上達した。

そのころ、養父が流行《はや》り病いで急死し、杏平が家督を継ぐことになったが、そのころから養母が藩の重臣と密通していることに気づいた。

「その重臣というのが藩公の血縁にあたる、いわば主筋《しゅうすじ》でな。密通といっても藩内のだれもが知っておったようだの」

杏平は口をゆがめて吐き捨てた。

この養母は二代藩主の光友《みつとも》公が晩年に手をつけた側女中が産んだ、いわば主筋にあたる女で、柘植家にさげわたされた、いわば拝領妻だったという。

たいそうな美女だったが、若いころから淫蕩《いんとう》の質で、男出入りの絶え間がなかったらしい。

むろん、養父もそれを知ってはいたが、藩公の血筋にあたる女だったため離縁することもできなかったのだろう。

養父が没したころ、養母はすでに三十路《みそじ》をとうに過ぎた大年増《おおどしま》だったが、子を産んだことがないせいか、色白の肌は人目をひくほどみずみずしく、二十歳代のおなごに見えるほどの容姿であった。

密通の相手もひとりではなく、見境もなく若い家士まで居間に呼びつけ、白昼から痴態をくりひろげていた。

杏平もこの養母の人もなげな淫奔《いんぽん》の振る舞いは腹にすえかねていたが、養子の身ではどうすることもできず、その憂さ晴らしで剣術に打ちこんで、めきめき腕をあげた。

ただ、その屈折が人には偏屈ととられ、ついぞ親しい友もできなかったばかりか、流派にはない剣を勝手に編み出したことを咎《とが》められ、柳生道場を破門になったのをきっかけに離藩し、諸国を流浪する身になった。

尾張柳生流の始祖兵庫助利厳《ひょうごのすけとしよし》は、祖父の但馬守宗厳《たじまのかみむねよし》から新陰流《しんかげりゅう》の奥義を伝授されるほどの非凡な剣士だったが、肥後《ひご》の加藤清正《かとうきよまさ》から懇望《こんもう》されて仕官したという。

このとき宗厳から新陰流の極意書二巻を授けられたと伝えられている。

その後、利厳は加藤家を離藩し、尾張藩主徳川義直《よしなお》の兵法指南役となるまで牢人し、修行に励んだという。

この間、利厳はそれまでの甲冑《かっちゅう》をつけての剣法を捨て、平服で軽快に立ち回る剣法に一変させたのである。

柳生流は利厳の叔父にあたる宗矩《むねのり》が将軍家の指南役になったことから、門外不出の御止流となったが、本来は利厳の自在な生き方に沿った奔放闊達《ほんぽうかったつ》な剣法だったはずである。

その門弟である柘植杏平が、新しい剣技を会得したからといって、咎めだてするような今の柳生道場にはさらさら未練はなかった。

ただ、柳生流を破門された剣士に世間の風は冷たく、ひとところにとどまることはできず、暮らしは貧窮をきわめ、食うにもことかく日々がつづいた。

数年後、かねてから杏平の剣の腕を惜しんでいた四代藩主の吉通公に呼びもどされたものの、柘植家の養母は杏平が離藩すると、すぐに他家から養子をとっていて、杏平の藩士復帰には頑《がん》として異議を唱えて譲らなかったため、吉通はひそかに陰扶持をあたえ、身辺の陰守役にしたのである。

五

「なに、藩公の陰守といえば聞こえはよいが、とどのつまりは藩公にとって目障《めざわ》りな者をひそかに始末する、いわば人斬り役じゃ」

「………」

お露は思わず双眸を見ひらいて、杏平を見つめた。

「ふふ、侍などというのは所詮《しょせん》、あるじの飼い犬のようなものでの。上意とあればたとえ親兄弟でも斬らねばならぬのが宿命でな。藩を脅かす者を斬れといわれれば斬らねばならん」

「え、ええ。それは……」

「じゃがの。正式に藩命を受けて斬れば上意討ちとして賞せられるが、表沙汰《おもてざた》にせずに討ち果たせば闇討ちもおなじことゆえ、ただの人斬りにしかすぎぬ。ひそかに褒美《ほうび》の金子《きんす》はくだされるが、それまでのことだ。いまのわしがそれよ。ゆえに藩士がわしを見る目は恐怖もあるが、反面、忌《い》み嫌う蔑視《べっし》の眼差しでしかない」

「わしもこれまでは、それに甘んじてきたが、こたびはどうにも意に染まぬ」

「……………」

「と、もうされますと……」

「藩内の不平分子や、謀反《むほん》を企む者ならいざ知らず、相手は尾張藩とはなんのかかわりもないばかりか、わしにとっては命の恩人でもある神谷平蔵という御仁なのだ」

「え、では、あの蝮に嚙まれたとき、手当てをしてくださった……」

「うむ。あの神谷どのはの。大身旗本の家に生まれながら、屋敷を出て千駄木で町医者をなされていると聞いた」

「そのようなお方を尾張藩がどうして、また……」

「この一月の末ごろ、品川の伊皿子坂で紀州の吉宗公が刺客に襲われたという噂《うわさ》を聞いたことはないか」

「ええ、瓦版《かわらばん》になったとかで、店でもたいそうな評判になりましたけれど……」

「そのとき吉宗公の陰守をしていたのが神谷どのたちだったらしい」

「では、おまえさまは……その、尻ぬぐいのために」

「なんとも皮肉なことよ。いま、継友公は八代将軍の座をめぐって吉宗公と争っているようだが、その継友公の陰守をつとめるわしが、その吉宗公の陰守をつとめた神谷どのに一命を救われるとはな」

お露はまばたきもせずに杏平を見つめた。

「それで……おまえさまは、どうなされるおつもりなのです」

「わしは尾張にいても所詮は日陰者だ。おまえと祝言をあげたところで祝うてくれる者など一人もおらぬ。飼い殺しの雇われ中間《ちゅうげん》となんら変わりはない。命の恩人を斬ってまで忠義立てしようとは思わぬ」

柘植杏平は吐き捨てるようにいった。

「そもそもが、わしは捨て子で、育ててくれた寿宝寺《じゅほうじ》の和尚と柘植の養父には恩義はあるが、尾張藩に忠節を尽くさねばならん義理などありはせぬ。いわば、群れからはぐれた一匹狼のようなものよ」

「では、これから、どう……」

「実はの。わしが流浪していたころ知り合うた剣友が越後高田の城下で道場をもっておる」

杏平はひたと、お露を見つめた。

「ひとまず、そこを訪ねて向後《こうご》の身のふりかたを考えてみようと思うが、そなたもついてきてくれるか」

お露は深ぶかとうなずいた。

「そのかわり、暮らし向きはいままでのようにはいかぬぞ」

「そのようなこと、どうにでもなりますもの」

お露はことともなげにほほえんだ。

「わたしは百姓の娘でしたもの。子供のころは母といっしょに菅笠造りをしたこともございますし、縫い物の手内職もできますする」

六

お露もはじめは江戸妻でもいいと思って蒲田から出てきたのだ。

茶店奉公とはいっても、とどのつまりは見知らぬ男に肌身をひさぐことになる。

柘植杏平という侍は一面怖いところはあるものの、お露を茶屋女としては見ないで、ふつうの女としてあつかってくれた。

それに見た目とはちがって、芯は優しいところがある男のような気がしていた。

お露をはじめて抱いたときも、粗暴な振る舞いはせず、お露の女体がうるおうまで丹念に愛撫してくれた。

いまでは、お露のほうがわれを忘れて声をあげるようになった。

亡くなった夫も優しかったが、営みはきわめて淡泊なものだったから、お露の女体を目覚めさせてくれたのは杏平が初めてだった。

人を斬るのが役目だというが、侍というのはそもそもそういうものだろうと思う。

それも、むやみと人を斬るわけではなし、藩主の命令ならやむをえないとも思う。

亡夫は武士とはいっても、勘定方の算盤侍《そろばんざむらい》で、およそ武芸とは縁のない侍だった。

かつて嫁いで間もないころ、夫がお城から真っ青になって帰宅したことがあった。酒席で同輩の藩士と口論になって殴られたうえ、刀で決着をつけようといわれたのだということだった。

そのときは上司の仲立ちでことなくおさまったものの、しばらくは怖じ気づいておお城にあがることもできなかった夫を見て、これでも侍なのだろうかと、いささか興ざめしたものだ。

その気の弱さにつけこまれて勘定奉行の汚職に手を貸す羽目になり、ついには藩を追われることになったのだ。

結局、亡夫は優しいだけが取り柄の男だったのだ。

いくら泰平の世とはいっても、成り行きまかせでは世知辛《せちがら》い世間を渡ることはむつかしい。

柘植杏平はそんな亡夫とは真逆《まぎやく》の男だった。

いくら度胸があっても粗暴な男は嫌だが、せめて泥棒よけぐらいになってくれる男でなくては、女は安心して生きていけない。

ことに故郷の田舎ならともかく、見知らぬ土地ではなおさらだ。

杏平は剣の遣い手だというだけではなく、武士としての誇りももっているし、なによりもお露を労《いたわ》り、可愛がってくれている。

——おなごは旦那に可愛がってもらうのが一番の幸せだよ。

それが、母親の口癖だった。

すこしは暮らしの苦労はあるかも知れないが、茶店の女中をしているよりも、ましだろう。

女が独り身で生きていくことが、どれほど大変なものか、お露は骨身にしみてわかっている。いまのうちはいいが、乳や臀《しり》もたるんできて、男に鼻もひっかけられなくなってからあわてても遅い。

まごまごしていると、お露もすぐに三十路を迎える。身寄りもいない江戸で、大年増の女が生きていくことを想像すると寒気がする。

たとえ行きずりの薄い縁とはいっても、もともと男と女の縁などというのは運次第、どこにころがっているかわからないものだ。

茶店の主人がいっていたように、もしかしたら、わたしにも少しは運が向いてきたのかも知れないと、お露は思った。

「わたくしは、おまえさまのおそばにいられるなら、どこへでもまいります」

お露は甘えるように杏平の胸にそっと頬をすりよせた。

「それに越後高田といえば、母のいる村上にも少しは近《ちこ》うございますもの」

「おお、高田なら村上とはおなじ越後国だ。海路をたどれば会いに行くこともできようぞ」

ささやきながら杏平はぐいとお露を抱き寄せ、口を吸いつけた。

お露は白い二の腕を杏平の首に巻きつけ、ひしとすがりついた。

杏平の無骨な手が襟前をかきわけ、ふくりとした乳房をさぐった。

竈の火加減が気になったが、二十七になってはじめて知った官能の炎には抗《あらが》えなかった。

お露は二の腕を杏平の首に巻きつけたまま、ゆっくりと仰臥《ぎようが》した。

杏平の手が、お露の帯を抜きとると、着物の裾前を左右にひらいた。

ほのかな陽射しがさしこむなかで裸身をさらすことの羞じらいに、お露は思わず身をすくめたが、これから訪れるはずの、しびれるような官能の期待に全身がおののいた。

夕陽がさしこむ畳のうえに、女体の白い起伏がもたらす陰影がしなやかに揺れ動いた。

「おまえさま……」

お露の唇から漏れる声が切なく、かすかな震えを帯びた。

# 第八章　卍《まんじ》ノ爪

一

戸山にある尾張藩の広大な下屋敷の奥深くにある書院は、とうに四つ（午後十時）を過ぎたというのに、ふたつの大きな丸行灯《まるあんどん》にあかあかと灯がともされたままだった。

床の間には唐《から》渡りの掛け軸が架けられ、脇のおなじく唐渡りらしい高卓の上には、真柏《しんぱく》の古木が白骨のような舎利幹《しゃりかん》を見せて青々とした葉を茂らせている。その床の間を背に、淡い利休茶《りきゅうちゃ》の小袖を着流しにした日下部伊織《くさかべいおり》が脇息《きょうそく》に肘《ひじ》をあずけ、ゆったりとくつろいでいた。

日下部伊織に向かい合って端座しているのは伊織の参謀役でもある諸岡湛庵と、伊織が自在に動かせる私兵として育ててあげてきた鴉組の頭領の榊原刑部《さかきばらぎょうぶ》だった。

日下部伊織は尾張藩主の継友が十代のころから近習《きんじゅう》として仕えてきた側近中の側近である。

二十七歳という若年で御小姓頭の要職にひきたてられ、いまは御側御用人《おそばごようにん》として、家老たちも一目置く存在になっている。

御側御用人という役職を設けたのは五代将軍綱吉で、常に君主の側近に仕えるため、忠誠心も厚く、かつ機転のきく者でないとつとまらない大役である。

伊織は目鼻立ちも涼しい美男だが、剃刀《かみそり》といわれるほど頭もよく切れるし、かつ能弁でもあった。藩の仕置きについても、藩主の継友は常に伊織の意見を聞くといわれているだけに、家老たちもいまや伊織の意見を無視しては事がすすまないといわれるほどだった。

室内は昼間のように明るかったが、二人の表情は険しく、重苦しかった。

「それにしても、老中方が吉宗公に傾きつつあるというのは信じられませんな」

湛庵が吐き捨てるように口をひん曲げた。

「美濃屋《みのや》がもうすには、老中方のなかには継友さまに好意的な方も何人かはおられると聞いておりますぞ」

「うむ。ご老中方の中でも、阿部《あべ》豊後守《ぶんごのかみ》どのはまちがいなく殿に肩入れしてくだされている。ただ、あとの老中方は吉宗公が上様の御後見をなされておることを重く見ておられるようだの」

「そんなはずはございませぬ」

湛庵は膝をおしすすめ、反論した。

「美濃屋によると戸田山城守《とだやましろのかみ》さま、井上大和守《いのうえやまとのかみ》さまも、いざともなれば御三家筆頭の家柄がものをいうだろうともうされている、と聞いておりまするぞ」

「ふふ、口は重宝なものよ。その、当の美濃屋がいまや内密に紀州家にはたらきかけておるそうじゃ」

伊織は冷ややかな目を湛庵にくれた。

「それればかりか、近頃では美濃屋までもが月光院さまよりも、天英院さまのご機嫌をとりむすぶのに懸命になっておるらしい。天英院さまが吉宗公びいきということがわかってきたゆえ、いわば両天秤《りようてんびん》をかけておるのであろう」

「まさか、美濃屋がそのような……」

「湛庵。そちもそろそろ耄碌《もうろく》してきたのではないか」

伊織は切れ長の双眸《りようめ》を向けて、口辺に冷笑をただよわせた。

「月光院さまを大奥にまんまと送りこんだまではよいが、過日の伊皿子坂の襲撃の失態といい、これまで目をかけてきた材木問屋の美濃屋風情にまで尻をまくられているようではどうにもなるまい。そろそろ算用指南とやらの看板もおろして隠居したほうがよいのではないか」

「…………」

湛庵は返す言葉もなく、唇を嚙みしめた。

美濃屋は湛庵が口添えして伊織に売り込み、藩の御用材を一手に賄《まかな》うことで巨利を得てきた商人である。むろん美濃屋は見返りに伊織に袖の下を贈りつづけてきたが、利にさといのは商人の常で、紀州にも色目を使いはじめたにちがいない。

「ともあれ美濃屋はいまや当家にとっても、わしにとっても獅子身中《しししんちゆう》の虫じゃ」

伊織の棘《とげ》がぐさりと胸に突き刺さり、湛庵は顔を逆撫でされたかのように口をゆがめた。

伊織は細く切れる双眸で湛庵を見つめると、手をたたいて奥女中を呼び、冷え切った酒を替えるように命じた。

「肝心のはなしはこれからでの。まずはゆるりと酒でも過ごしてからということにしよう」

二

ひとわたり杯を酌《く》みかわすと、日下部伊織は脇息から身を起こし、榊原刑部に目を向けた。

「ところで刑部。そちの手の者が過日、切通坂で神谷平蔵とやらもうす者に手痛い目におうたというではないか。それも十数人もかかって、たった一人を仕留められんとはどういうことじゃ」

「は、あれは、それがしが出府する前に先走って仕掛けたようでございますが、いま一息で仕留められる寸前に邪魔が入り、やむなく引き上げたと聞いております」

「その邪魔した手合いは公儀目付配下の黒鍬の者だったというではないか。万一、このことが老中方の耳にでも入れば尾張の存亡にもかかわろうぞ」

「いえ。手負いの者はもとより、屍《しかばね》も残らず回収したということでございますれば何ひとつ案じられることはございませぬ」

「ならばよいが……それにしても、かの神谷平蔵ともうす者をはじめ、吉宗公が陰守《かげもり》に雇うた三名の牢人者は今後のこともあるゆえ、なんとしても捨ておくわけにはいかぬぞ。千丈の堤《つつみ》も蟻《あり》の一穴ということわざもある」

「は、そのことならば、ご懸念なさいますな。この榊原刑部におまかせください」

「うむ。ご老中の意向がどうあれ、当家はあくまでも御三家筆頭の家柄じゃ。そのことは水戸さまも重く見ておられる。それに、なによりも紀州の吉宗公は氏素性も定かではない女の腹から産まれた、いわば成り上がり者じゃ」

日下部伊織は秀麗な眉尻をはねあげた。

「とても、天下人と仰ぐわけにはいかぬお血筋じゃ。ただ、若いころは跳ね馬の源六と渾名《あだな》されただけに身体強健の質で、かつ、おなごの好みも細腰の見目よいものよりも、肉づきのよい多産の質だそうな」

伊織は口をひん曲げて、吐き捨てた。

「万が一、吉宗公が将軍位を継ぐようなことになれば、当家が浮上する目は二度とあるまい」

伊織はぎゅっと唇を嚙みしめた。

「しかも、目付をはじめ町奉行所は伊皿子坂の一件には尾張がからんでおると見て、執拗に探索をすすめておるらしい。一日も早く後始末を急がねばなるまいぞ。

鴉組はわしが育てた、いわば、わしにとっては手足のようなものじゃ。このこと、忘れるでないぞ。よいな、刑部」

「ははっ。かならずや、ご期待に添うてみせまする」

おおきくうなずいた榊原刑部のかたわらで、諸岡湛庵は屈辱の唇を嚙みしめていた。

ふいに中庭のほうでなにやらあわただしい声がした。

「何事じゃ」

伊織が眉をひそめ、廊下にひかえていた近習に声をかけた。

「はっ、どうやら曲者《くせもの》が忍びこんでいたようでございます」

「なに、曲者だと……」

榊原刑部がすぐさま腰をあげると、庭に飛びおりた。

数人の侍が股立《ももだ》ちをからげ、中庭の木立の闇のなかに駆けていくのが見えた。

広大な屋敷の庭は鬱蒼《うっそう》たる樹木が生い茂り、昼間でも陽射しは届かず見通しがきかないほどである。しかし甲賀者《こうがもの》の榊原刑部は猫のように夜目がきく。袴《はかま》の股立ちをとって、懐中から卍ノ爪をとりだすと、迷うことなく木立の闇に駆け込んでいった。

すぐに血腥《ちなまぐさ》い臭いがツンと鼻をついた。築山《つきやま》の陰に尾張藩士らしい若侍が刀を手に突っ伏し、呻《うめ》き声を漏らしていた。口から血泡を噴いている。喉笛を掻き切られたようだった。

そのとき、彼方《かなた》の土塀の上を身をかがめ、鼬《いたち》のように走り去る黒い影が見えた。

「うぬっ」

刑部の手から卍ノ爪が夜空を切り裂き、鋭く弧を描いて黒い影をかすめたかに見えた。

瞬間、黒い影は忽然《こつぜん》と土塀の向こうに消えた。

「表にまわれ。取り逃すな」

刑部の叱咤《しった》に、警護の者たちがいっせいに脇門のほうに向かって駆け出していった。

三

尾張家戸山屋敷の北を西から東に向かって流れる神田上水にはいくつかの橋が架けられている。

そのなかのひとつが姿見橋《すがたみばし》である。

神田上水はこのあたりでおおきく蛇行しつつ、やがて中州でふたつの支流に分かれていく。

もうすこしで九つ（午前零時）になろうかという深夜、姿見橋の橋桁《はしげた》の下からぽっこりと河童《かっぱ》のように浮かびあがった異形の者がいた。

口にくわえていた芦《あし》の穂を川面に流し、橋桁に手をかけて息をととのえていると、川上のほうから一艘の肥舟《こえぶね》がゆっくりとくだってきた。

異形の者はそれを待っていたように橋桁から手を離し、肥舟が橋の下にさしかかると船縁《ふなべり》に手をかけるや、するりと舟底にすべりこみ、肥桶にかかっていた茣蓙《ござ》をとって頭にかぶり、ずぶ濡れになった頭の頭巾《ずきん》をはぎとった。

船頭はのんびりと櫓《ろ》を漕ぎながら、独り言のようにつぶやいた。

「おもんさん、そこに焼酎《しょうちゅう》の壺があるでよ。そいつをひっかけてぬくもりな」

「ありがとう。助かるよ」

おもんは水に濡れた黒髪をうしろで束ねながらほほえみかえすと、舟底においてあった焼酎の壺を引き寄せ、栓を口にくわえて抜きとり、ぐびりぐびりと喉を鳴らして飲み干した。

彼方の川岸で提灯《ちょうちん》を手に走りまわっている人影が見えた。

川の流れにのった肥舟は音もなくすべるようにくだっていった。

「夜風が身にしみるねぇ」

「ふふ、ふ、そんだらときは男にあったためてもらうのが一番だぁね」

「おあいにくさま。ここんところ、そんな優しい男にはとんと縁がなくってねぇ」

しんみりつぶやいたおもんの顔に、ふっと寂寥《せきりょう》がよぎった。

四

団子坂をくだったところに数軒の茶店がある。

いずれも名物の串団子を売り物にしているが、近くに天王寺と根津権現があるため、四季をとわず客足が絶えない。

――その日。

神谷平蔵は小網町の道場にひさしぶりに顔を出し、一刻（二時間）あまり門弟たちに稽古をつけて心地よい汗を流してきた。

一昨日、兄の忠利から使いの者がきて、十日後に吉宗公が紀州藩の上屋敷で平蔵、伝八郎、新八に藩士を相手に剣技を披露《ひろう》し、御前試合をしてほしいという要望があったと伝えてきた。

しかも、この御前試合には紀州藩邸への出稽古というふくみがあるということだった。

平蔵はあまり気乗りがしなかったが、伝八郎はまた実入りがふえるというので上機嫌だったし、新八もまんざらではないようすだった。

平蔵の医者稼業もまだまだ繁盛というにはほど遠いから、たとえ幾許《いくばく》かの出稽古料でも入れば、家計がうるおうことはまちがいない。

――やはり、おれは当分、剣医二足の草鞋《わらじ》を履《は》くしかなさそうだな。

そう思って、ひさしぶりに道場で竹刀《しない》をふってきたのである。

竹刀を手にすると、もともとが好きな道だけに気合いが入る。

病人や怪我人の治療をしているよりは楽しいし、気も晴れる。

稽古のあと、井戸端で汗をぬぐい、すっきりして道場を出たものの、まだ夕刻には間があるし、小腹もすいていたので団子坂に軒を連ねている茶店の一軒に立ち寄り、串団子に舌鼓《したつづみ》を打った。

ここの串団子は蓬《よもぎ》を練りこんだ淡い緑色の串団子、塩漬けの桜の花で色づけした紅色の桜団子、それに小豆餡をつけた串団子の三色団子が売り物で、一串に団子が四つ刺してある。

いずれも一串が八文だが、平蔵は季節物の蓬餅の団子と桜餅の団子を頼んだ。

土間の縁台に腰をかけ、串団子をパクつきながら、店の土間で餅搗《もちつ》きの職人が捩《ねじ》り鉢巻で、杵《きね》をふりあげ威勢よく団子を搗きあげるのを眺めていると、手拭いで頬かむりし、おおきな背負い籠《かご》をかついだ百姓女が土間に入ってきた。

あちこち継ぎはぎした唐桟縞《とうざんじま》の筒袖《つつそで》の野良着で、腰に替え草鞋をぶらさげている。

「喉が渇いて干上がっちまうだよう」

野太い声で女中にお茶と団子を注文すると、畑で摘んできたばかりの青菜で一杯の背負い籠をよっこらしょと足下におろし、おなじ縁台の端に野良着の尻をどすんとおろした。

頬かむりの手拭いをはずし、顔の汗をぬぐいながら「失礼しますよ、旦那」と声をかけてきた。

「なに、かまわんさ。日盛りによう精が出るの……」

串団子を片手にかたわらに置いてあったお茶に手をのばしかけた平蔵は、思わず呆気《あっけ》にとられた。

「お、おい……」

小麦色にこんがり陽やけした顔を手拭いでふいていた百姓女の双眸が笑いをこらえて平蔵のほうをちらっと見やった。

「なんだ。おもんじゃないか……」

「シッ……」

おもんは低い声でたしなめると、野良着の襟をはだけ、胸の谷間に光っている汗を手拭いでゴシゴシこすりながら、手早くささやいた。

「四半刻（三十分）あとに、根津権現の観音堂裏で……」

平蔵がわかったと目でうなずきかえすと、おもんはさりげなく茶店の女中に声をかけた。

「ふんとにこう暑くっちゃ、団子でも食わねえとやせちまうだに」

「よくいうよ。やせたいのはあたいのほうだっちゃ」

顔見知りらしいコロコロとよく太った女中がケラケラと笑いかけた。

「おみよさんは器量もいいし、おっぱいもてんまりみたいにふくらんでるしよう。男衆《おとこし》にもててしょうがなかんべ」

──ははぁ、ここじゃ、おみよでとおってるらしいな……。

とはいえ、身なりばかりか口のききかたまで、まるきり百姓女としか見えない、おもんの変幻ぶりに平蔵は啞然《あぜん》とした。

「よしとくれよ、おまつさん。男なんて口先ばっかしで実《じつ》がねぇんだからよう。もうこりごりだっちゃ」

おもんはあっけらかんとした口ぶりで言い返すと、平蔵のほうをチラッと見て、くすっと笑ってみせた。

「あら、旦那……口が悪くてすいませんねぇ」

──ちっ。なにが旦那だ……。

舌打ちしたとき、菅笠《すげがさ》をかぶった行商の小間物屋が愛想のいい笑顔をふりまいて店に入ってきた。

「ああ、もうくたくたや。ほんまにお江戸というところは坂のおおい町でおますな」

ぼやきながら平蔵のかたわらを通り抜け、奥の縁台に背中の荷物をおろし、女中に声をかけた。

「ちょいと、おねえさん。上方の櫛《くし》や簪《かんざし》はどないです。ねえさんみたいな若いおなごはんにはよう似合うと思うけどな。ま、見ておくれやす。お安くしときまっせ」

抜け目のない上方者らしく、こんなところでも愛想をふりまいて商売気を出している。

平蔵は団子代の十六文に茶代を四文上乗せして盆のうえに置くと、腰をあげながら、おもんにさりげなくうなずいて店を出た。

五

根津権現の門前町は三方が水壕に囲まれていて、西側は水戸家の中屋敷と小笠原信濃守《おがさわらしなののかみ》下屋敷の白壁が連なっている。

寺社地になっているため取り締まりもゆるやかで、表向きは茶屋を看板にした女郎屋がひしめきあっていた。

そろそろ夕暮れどきとあって、左右の茶屋の軒下には脂粉《しふん》の香りをふりまきながら、娼妓《しょうぎ》たちが客の気をひこうと、手ぐすねひいて黄色い声をあげて誘いかけてくる。

「ちょいと、ようすのいいお侍さん。素通りは野暮じゃない」

「金色《こんじき》の観音さまなんか拝むより、ナマの観音さまのほうがずっと御利益がありますよう」

平蔵は目引き、袖引きして誘いこもうとする女をかきわけて脇道を抜けると境内《けいだい》に入った。

おもんが指定した清水観音堂は境内の南側にある。

本堂の権現社は五代将軍綱吉が建立《こんりゅう》したもので、将軍位についたとき社殿を奉納し、むろん幕府の開祖家康《いえやす》公を祀《まつ》っている。

門前町が花街《かがい》として繁盛しているのも、女好きで聞こえた家康公にあやかったものかも知れないと、平蔵は勘繰りたくなる。

暮れなずむ夕陽が境内にさしこんで、観音堂の影を落としていた。

杉の巨木の太根に腰をおろし、襟をはだけて汗ばんだ胸に風を入れていると、青菜の籠をしょったおもんが姿を見せた。

小腰をかがめ、頬かむりに素足に草鞋という、おもんの姿はどこから見ても、平凡な農婦にしか見えない。

おもんは頬かむりしたまま、平蔵には目もくれずに素通りし、観音堂の裏に向かった。

——ずいぶんと用心深いな……。

だれかに尾行でもされているのかと思ったが、この時刻、境内は参詣者らしい人影もなく閑散としている。

しばらく間を置いて、おもんが向かった観音堂の裏手にまわった。

裏手は鬱蒼《うっそう》とした杉林になっていて、野良犬一匹見あたらない。

「平蔵さま。ここですよ、ここ」

観音堂のなかの暗がりから手招きしているおもんの顔が見えた。

「ちっ。化け猫じゃあるまいし……」

苦笑して観音堂の回廊にのぼり、お堂のなかに入った。

「おい、いいのか。勝手に入っても……」

「ご心配なく、ここの堂守には心付けをはずんでありますもの」

頬かむりの手拭いをとって、おもんは近ぢかと身を寄せてきた。

「さきほどは失礼いたしました」

「まったくだ。口先だけで実がないとはよくいうな。真夜中にこっそり忍んできては汗をしぼりつくしたあげくに、それきり何年も鼬《いたち》の道をきめこんでいたのはおまえのほうだろうが」

「ふふ……それはおたがいさまでございましょ。それとも、ご迷惑でしたか」

「いや、そうはいわんが……」

「わたくしが、あのように身もこころも焦《こ》がすような切ない思いをしたのは平蔵さまおひとりだけ……」

ポツンとつぶやいたおもんの声に哀感がにじんでいた。

「………」

平蔵は返す言葉を失った。

「でも、よかったんですよ。あれで……」

おもんはきわめて抑制のきいた声でささやいた。

「だって、平蔵さまにいつまでもまつわりついていても、どうせ奥さまにしていただけないことはわかっていましたから」

おもんはくすっと忍び笑いを漏らした。

「しかしだな。たまには顔ぐらい見せにきてもよかったろうが」

「でも、それじゃ、いつまでも尾をひいて、わたくしが辛くなるのが目に見えていましたもの」

つぶやくように言って、おもんはフッと目をそらせた。

暮れなずむ観音堂の薄闇のなかに、汗ばんだおもんの体臭が噎《む》せかえるようにただよっている。

六

ややあって、おもんは一瞬の感傷をふりきるように緊張した表情で平蔵を見あげた。

「平蔵さま……」

その目は、すでに黒鍬組の女忍びとしての鋭い双眸に一変していた。

「昨日、四つごろ榊原刑部が江戸に入府し、戸山の尾張藩下屋敷に入りました」

「榊原刑部……そやつ、いったい何者だ」

「尾張の鴉組をひきいる頭領ですよ。タイ捨流《しゃりゅう》の遣い手だそうですが、ほかにも
「卍ノ爪」と呼ばれる飛び道具を使います」

「卍ノ爪……」

「これが、そうですよ」

おもんは帯のあいだに挟んであった卍状の鉄片をとりだすと、平蔵にしめした。

おおきさは掌よりすこしちいさいが、卍の内側の稜線《りようせん》が鋭利な刃のようになっていた。

しかも、卍の刃の形状が、竹トンボのように斜めに削《そ》いである。

「ほう……」

平蔵がその鉄片に手をのばしかけたときである。

ふいに、おもんの右手が撓《しな》ったかと思うと、鉄片が薄闇のなかにキラリと弧を描いて、杉の木立の陰に吸いこまれていった。

「うう、うっ……」

薄暗い木立のなかで肺腑《はいふ》を抉《えぐ》るような痛苦のうめき声がしたかと思うと、どさっと人が倒れる重い音がした。

すぐさま、おもんが懐剣を手に観音堂から飛び出し、杉の木立のなかに駆けこんでいった。

「おっ……」

とっさに平蔵は刀の鯉口《こいぐち》を切ると、おもんの後を追って木立のなかに飛びこんでいった。

おもんは杉の巨木の陰で獣のような呻き声をあげて、のたうちまわっている男の背後から抱きつきざま、手にした懐剣で男の胸を深ぶかと抉って止《とど》めを刺した。

「おっ、こやつは……」

カッと両眼を見ひらいて、断末魔《だんまつま》の痙攣《けいれん》に震えている菅笠の男は、さっき茶店に入ってきた上方者らしい小間物売りの行商人だった。

かたわらに男が背負っていた小間物の木箱がころがっている。

きらびやかな装飾をほどこした櫛、簪、口紅や白粉《おしろい》の容器にまじって、鼈甲造《べっこうづく》りの張り形などの淫具も散乱していた。

しかも、男の手は抜きかけた短剣の柄《つか》を握りしめている。

おもんが一息遅れたら、危ういところだったかも知れない。

「忍びの者だったのか……」

おもんは血しぶきを浴びた凄惨な顔で平蔵をかえりみた。

「この者も榊原刑部とともに尾張からやってきた鴉組の配下ですよ」

そういうと、喉笛にがっしりと食いこんでいた卍ノ爪をぐいと抉り出し、懐紙《かいし》を傷口におしこんで噴出してくる鮮血をおさえた。

「おそらく平蔵さまのあとをつけていたにちがいありませぬ」

「ふうむ。気づかなんだな」

「鴉組の多くは甲賀者ゆえ、尾行されてもめったに気づかれるようなへまはいたしませぬよ」

おもんはこともなげにそういうと、抉り出した［卍ノ爪］と懐剣の血潮を懐紙でぬぐい、鞘《さや》に収め、卍ノ爪を平蔵に渡した。

「ふうむ。これが甲賀の飛び道具、か……」

おもんが所属している黒鍬組には武田忍びの者が多いというだけあって、おもんはそのあたりの事情にも精通しているのだろう。

「それにしても、さっきの手練《しゅれん》は鮮やかなものだったぞ。だれぞに手ほどきしてもらったのか」

「いいえ。二年前に手に入れてから、暇を見て戸板を的に投げているうちに、どうにか使いこなせるようになったばかりです」

「ほう。それにしても、一人で会得したにしては、あれだけ使えればたいしたものだ」

「いつ、狙われる身になるやも知れませぬもの。おぼえておけば襲われても身のかわしようもちがいましょう」

おもんはかすかにほほえんだ。

「そうか、そうだの……」

おなごの身で、行住坐臥《ぎょうじゅうざが》、生死の境に生きることが定めのようなおもんに平蔵は胸を突かれた。

おもんは懐剣を懐にしまいこむと、両手で屍の小脇をかかえこんだ。

「平蔵さま。手をお貸しください。この死体を奥のほうに運んでおきませぬと……」

「わかった」

平蔵は「卍ノ爪」を懐にねじこむと屍の両足首をつかみ、おもんとともにもちあげて木立の奥に運びはじめた。

「ここの駒込稲荷《こまごめいなり》の西側に池があります。そこに沈めましょう」

おもんはこのあたりの地理を知り抜いているらしく、てきぱきと指示した。ここは、おもんのいうとおりにするしかない。

日の暮れ落ちた境内の森のなかを二人はずしりと重い男の屍を運び、根津権現の社殿の西にある駒込稲荷の御堂の裏を抜けると、水壕に連なる池の畔《ほとり》に出た。

血の臭いを嗅ぎつけた藪蚊《やぶか》がひっきりなしにたかってくるのには閉口したが、

どうにか池の畔に抜け出した。

「このまま沈めると、そのうちぷかぷか浮いてくるぞ」

「かまいませぬ。ここには鯰《なまず》や鰻《うなぎ》やすっぽんなどもおりますゆえ、血の臭いを嗅ぎつけて目鼻や傷口をさんざん食い荒らされて、朝までには面体もわからぬようになってしまいましょうよ」

涼しい顔をして、おなごとは思えぬ冷酷な科白《せりふ》を吐いた。

さすがは百戦錬磨の女忍びだけに肝《きも》がすわっていると、平蔵はあらためておもんを見直した。

「いま、お城では上様の容態が思わしくないとのことゆえ、尾張と紀州のせめぎあいも、なりふりかまわぬ鍔《つば》迫《ぜ》り合いとなってまいりましょう。くれぐれも身辺にご用心なされませ」

引き上げる途中で、おもんは近ぢかと身を寄せてくると、ひたと平蔵を見つめた。

「うむ。おまえも、な」

いたわるようにおもんの肩を抱き寄せた。

一瞬、おもんはひしと平蔵の躰を抱きしめ、胸に頬をすりよせた。

ふたりは、もはや男と女というかかわりを越えた、いわば同志のような連帯感で結ばれていたのである。

それにしても、いつの間にか将軍位の跡目争いなどという厄介事に巻きこまれてしまっていることを、平蔵はいまさらのように悔やんだ。

しかし、もはやもどることはできない川を渡ってしまったのだ。いまさら引き返すわけにもいかなかった。

# 第九章　はみだし者

一

根津権現から自宅のある千駄木までは数町あまりの近場である。

権現社の常夜灯《じょうやとう》にはすでに灯がともされていたが、境内にはもう参詣者の影は見えず、群青色《ぐんじょういろ》の淡い闇がひろがっていた。

おもんとは観音堂の前で別れることにした。

おもんは着衣についていた血痕を懐紙で吸いとり、土をなすりつけて目立たないようにすると、観音堂の回廊の下に隠してあった青菜の籠を背負い、たちまち百姓女に変貌した。

別れぎわにすっと平蔵のそばにすりよってきたおもんが「ま、平蔵さま、血が……」とささやくと、指先に唾《つば》をつけて平蔵の頬をぐいとこすりとった。

「お、すまぬ」

「では、いずれ……」

目と目でうなずきあうと、おもんは青菜の籠をゆすりあげて、何事もなかったかのように紅灯《こうとう》に彩《いろど》られた薄闇のなかに消えていった。

門前町の花街は軒行灯《のきあんどん》を連ねて、紅白粉で塗りかためた遊女たちが手ぐすねひいて遊客を誘いこみにかかっていたが、だれひとりおもんには目もくれようとしない。

寸刻前、懐剣をふるい、容赦なく曲者《くせもの》の命を奪った非情な女忍の面影は微塵《みじん》も感じさせない変貌ぶりだった。

――たいしたおなごだ。

明暗さまざまな顔をこともなげに使いわけるおもんには、いつものことながら舌を巻かずにはいられなかった。

平蔵は紅灯の町並みを避け、水壕沿いの脇道を抜けて、太田備中守《おおたびっちゅうのかみ》下屋敷の裏通りに出ると、白壁の土塀沿いにつづく脇道を通り、団子坂のほうに向かった。

このあたりは武家屋敷ばかりで夜になると人影はほとんどない。

右側は百姓地になっていて、下肥《しもごえ》の臭いに誘われた藪蚊《やぶか》がしつこくまつわりついてくるのを手でふりはらいながら我が家に向かった。

家の門扉《もんぴ》は開かれていて、屋内にはほのかな灯りがともっている。

来客があるらしく、家のなかから若い男の声が聞こえてきた。

聞き覚えのある声だったが、とっさには思い出せなかった。

障子戸をあけて、土間に足を踏み入れると、奥の八畳間から波津が小走りに迎え出た。

「おもどりなされませ」

「来客のようだな」

尋《たず》ねかけたとき、奥の部屋から待ちかねていたように紋付き羽織《はおり》に袴姿の渋井《しぶい》啓之助《けいのすけ》が若わかしい笑みをうかべながら現れた。

「やあ、神谷先生。一別以来、お変わりもないようでなによりです」

啓之助は板の間に正座し、懐かしそうに仰ぎ見た。

「おお、啓之助ではないか……いつ、江戸に出てきたのだ」

「昨日です。すぐにもご挨拶《あいさつ》にうかがいたかったのですが、なにせ江戸屋敷は初めてですので、なにかとせわしなく……」

「ほう。江戸の藩邸詰めになったのか」

「いえ。江戸屋敷に急ぎの用があってまいっただけですので、用がおわりしだい帰国せねばなりませぬ」

「それでは、あまりゆるりとしてはいられぬな」

「いえ。今夜は四つまでに屋敷にもどればよいことになっております」

「おう、それなら、まだだいぶんに間がある。手狭な家だが、ゆっくりしていってくれ」

啓之助は去年まで岳崗領内の九十九郷にある、波津の父の曲官兵衛がひらいている道場で住み込みの内弟子をしていた若者だ。

父親の津山監物《つやまけんもつ》は藩の差立番頭《さしたてばんがしら》という要職にあったが、昨年の政変のときの功績を認められ、次席家老に抜擢《ばってき》された。

平蔵が曲家の居候《いそうろう》をしていたころ、啓之助は城下にある紅梅町《こうばいちょう》の小鈴《こすず》という娼婦にいれあげて、夜明けごろに朝帰りしては、波津からいつも汚《けが》らわしいだの、だらしないなどと、なじられていた放蕩《ほうとう》息子だった。

君側に仕える秀才の兄への反発もあったらしく、なかなか素行がおさまらず親に心配をかけていた男である。

ただし、剣のほうの筋はなかなかよく、官兵衛から無外流の免許を許されていた。

昨年の暮れに藩の大目付をしている渋井玄蕃《げんば》の一人娘の由加《ゆか》の婿《むこ》になったが、この由加というおなごが家つき娘にありがちな権高《けんだか》さは微塵もなく、寝牛《ねうし》の異名をもつ父親とは似ても似つかぬ、なかなかの器量よしで、啓之助との夫婦仲もいいと聞いている。

「もう、紅梅町などには足を向けてはおらんだろうな」

「とんでもありません」

啓之助はあわてて手をふると、照れたように腹に円を描いてみせた。

「なにせ、いまや家内はこれですから……」

「ほう、もう、やや子ができたのか」

「はぁ、どうやら家内は多産の口らしく、婚してひと月とたたぬうちに身ごもって、秋には産み月を迎えます」

「それはめでたい。婚してすぐというと、一発で命中したのか」

「ええ、ま、どうも、そのようで……」

啓之助は頭をかきながら不服そうに口をひん曲げた。

「おかげで、いまや腹の子にさわるといわれて、うかつに手出しもできぬありさまでですよ」

「ははあ、自慢の竿《さお》が日干しを食っておるのだな」

「はあ、まぁ……」

「もしやして、ご新造は蒲柳《ほりゅう》の質か……」

「とんでもない。由加はいたって健《すこ》やかなおなごですよ」

「だったら心配はいらん。身ごもったところで、うまくやれば臨月でもなんら支障はないさ」

「まことですか……」

「ああ、堅物の医者のなかには、おなごが身ごもれば房事《ぼうじ》や家事はつつしめと、うるさいことをいう者がいるが、ありゃ嘘だ」

「ほんとですか」

「ああ、おなごの躰というのは男より堅固にできておるものでな。度を過ぎなければ房事も、家事もふつうにしていればよい」

「ふつうに、ですか……」

「うむ。あまり躰を労《いたわ》りすぎると、腹の子も育ちが悪いし、難産になりかねん。なぁに、腹がでっぱってくればきたで、いくらでも工夫のしようがあるだろう」

「工夫、ですか……」

「そうさ。相撲《すもう》に四十八手があるように閨事《ねやごと》にも横どり、後ろどりといくらでもしようがある」

「ま、おまえさま。なんというはしたないことを……」

波津が顔を赤らめ、平蔵を睨《にら》んだ。

「ちっ、なにをいうか。二八《にはち》の小娘じゃあるまいし、そのうちおまえにも教えてやる」

「もう！　存じませぬ」

波津は早々に台所に逃げ出していった。

「どうやら先生のところはまだのようですね」

「ふふ、せいぜい励んではいるがね。とんとその気配はないらしい」

「もしかしたら、過ぎたるはなんとやらの口じゃありませんか」

「こいつ、先に仕込んだからといって威張るな。そのうちたてつづけに仕込んでみせるさ」

二

波津が徳利のおかわりといっしょに浅蜊《あさり》の佃煮《つくだに》と、大根と油揚げの煮染めを運んできた。

平蔵のかたわらに座ると団扇《うちわ》で風を送りはじめた。

近くに木立が多いせいか、ひっきりなしに虫が舞いこんでくる。

「こうしていると、まるで九十九の里のようですね」

「ああ、ここは江戸といっても町外れだからな」

「これで町外れなら、岳崗の城下町などはクソ田舎ですよ」

「そうか、啓之助は江戸は初めてだったな」

「はあ、なにしろ、とんでもなく人が多いのにおどろきました。今日は祭りでもあるのかと思いましたが、これが、いつものことだというからたまげましたよ」

「ふふ、人が多いのもよしあしでな。巾着《きんちゃく》切りや空き巣狙いはまだしも徒党を組んで押し入り強盗をたくらむ盗賊もいる。油断もスキもならんところだ。そのうち啓之助も参勤交代で江戸屋敷にくることもあるだろう。そのときはゆっくり江戸を案内してやろう」

「いえ、赤子も産まれることですし、当分は岳崗でおとなしくしていますよ」

「ふふふ、嘘をつけ。赤子《やや》というよりご内儀のそばを離れたくないのが本音だろう」

「いや、そんな……」

「ははは、ま、よい。それより津山さまや、渋井さまにもお変わりはないか」

「はい。ふたりとも、先生にお目にかかったら、くれぐれもよろしくともうしておりました」

「おい。もう、そのせんせいはよせ。くすぐったくていかん。おれとおまえは曲道場の門弟同士だろうが」

笑いながら盃をさした。

「津山のお父上も、お元気なんだろうな」

「はい。柄にもない次席家老などをおしつけられて、きりきり舞いしております」

「そうか、そうか。ま、はなしは飲みながらゆるりと聞こう。なんなら泊まっていってもいいんだぞ」

「いや、そういうわけにもまいりません……」

啓之助がちらっと波津のほうを見て、口ごもった。

波津はふたりに徳利の酒をついだあと、かたわらにきちんと正座してひかえているが、いつになく沈んだ表情をしている。

そういえば、なんとなく二人ともぎこちなく、いつもより口が重い。

九十九にいたころは、ふたりはまるで姉弟のように、顔をあわせると口喧嘩《くちげんか》したり、ふざけあっていたものだ。

「おい。もしかして、国元でなにかあったのか……」

平蔵は盃を口に運びながら、二人を交互に見やった。

「は、いや……」

啓之助が盃を膳に置いて、平蔵をひたと見た。

「実は、その……曲先生が突然、病いに倒れられまして、いっときはどうなることかと思われましたが、なんとかもち直され、いまは小康を保たれておられます」

「なに……」

平蔵、愕然《がくぜん》として波津をかえりみた。

「なぜ、それを早くいわんか」

「………」

波津はひたと平蔵を見つめたが、ふいに鋭く肩を震わせると、両手で顔を覆《おお》った。

「で、医師の診立《みた》てはどうなんだ。啓之助」

「いや、早急に御命にかかわるようなことはあるまいと良庵《りょうあん》先生もうされておりますが、なにせ、曲先生の病いは中気《ちゅうき》だそうで、厠《かわや》に通うこともできず、かつ話すこともままならぬようです」

「中気、か……」

平蔵、しばし暗然として、言葉を失った。

三

中気は卒中《そっちゅう》ともいって、突然、発作を起こし、そのまま死にいたることもある大病である。

どうにか危機を脱したあとも手足が思うように動かせなくなり、しゃべるのも思うにまかせぬようになることが多い、完治のむつかしい難病のひとつでもある。

曲官兵衛は常日頃から夕餉《ゆうげ》をとらず、自家製の濁酒《どぶろく》を飯がわりにしているような人だった。

すこしは食い物を腹に入れたほうがよいと、平蔵も何度か諫《いさ》めたことがあるが、濁酒は米から造るゆえ、飯もおなじことよといって耳を貸してはくれなかった。

――人は遅かれ早かれ、いずれは死ぬるものだ。うじうじ生きたところで、たかが知れておる――というのが口癖の人だった。

平蔵にもそういうところが多分にあるから、強いて節制をすすめる気にはなれなかったのである。

ただ、中気は気力次第では本復《ほんぷく》することもありうる病いでもある。

官兵衛ほど気丈で、桁《けた》ちがいな体力の持ち主なら克服できる望みは充分にある病いだ。

良庵というのは岳崗藩の抱え医師で、漢方医としては診立ても、投薬もたしかな医者だ。

その良庵が命にかかわることはないというからには、すぐに、どうこうなるという心配はないのだろう。

「で、父上の面倒はだれが見ておるのだ」

「はい。いまは荻乃《おぎの》さまと女中たちで手のあいているものが、かわるがわる見ておられますゆえ、ご心配にはおよびませんが……なにせ、先生も口が思うようにきけぬせいか、気が短くなられまして」

「苛《いら》つかれるのだな」

「はい。ま、無理もございませんが」

「倒れられたのはいつごろだ」

「さよう、かれこれ半月あまりになります。早飛脚《はやびきやく》で文《ふみ》をさしあげようと思いましたが、あいにく神谷先生も火事で焼け出されたばかりだと風の便りに聞いておりましたし、わたくしも祝言《しゅうげん》をすませたばかりのうえ、城勤めをすることになってバタバタしておりましたゆえ……」

啓之助はしばし口ごもった。

「それで、こたびの道中は啓之助一人か」

「いえ。ほかに神谷さまもご存じの杉内耕平《すぎうちこうへい》と、奥村寅太《おくむらとらた》も同行しております」

「ほう、杉内どのと寅太もいっしょとは、まるで曲道場の仲間内のようなものだな」

「ええ、まぁ……」

啓之助はすこし照れたようなまぶしい目になった。

「実は、それがし、こたび殿から大事の使いを命じられ、津山の父から警護役にだれぞ腕のたつ者を同行しろということでしたので、迷うことなく杉内と奥村をつけてもらいました」

「そりゃいい。あの二人ならいうことなしだ」

杉内耕平と奥村寅太は曲官兵衛の門弟のなかでも屈指の遣《つか》い手である。警護役にはうってつけの人選だと思った。

啓之助は次席家老津山監物の跡取りだけに、若年ながら藩主から大事の使いを命じられるほどの地位についているのだろう。

四

「で、いつ帰国する予定だ」

「発つのは六日後の朝ということになっております」

「六日後、か……」

平蔵はおおきくうなずいてから、しばらく沈思していたが、やがて決意したように目をあげた。

「どうだろう。その帰国のおり、波津を岳崗まで同道してもらうわけにはいかんか」

「は、ええ、それはもう……」

啓之助もおどろいたように目を瞠《みは》ったが、波津も息をつめて、ひたと平蔵を見つめた。

「おまえさま……それは」

波津は思わず膝をおしすすめた。

「どうした。そなたも父御《ててご》のことが気になるだろうが」

「でも、わたくしが九十九に帰れば、すぐに江戸にもどるというわけにはまいりませぬよ」

「あたりまえだ。遊びに帰るわけではない。父御の看病に帰るからには半年だろうが、一年だろうが目鼻がつくまでは九十九を離れるわけにはいくまいが」

「それでは、そのあいだの、おまえさまの身のまわりのお世話や、お食事はどうなさるのですか」

「バカ。そんなことはどうとでもなる。おれが何年、長屋でひとり暮らしをしていたと思う。飯炊《た》きなどはお手のものだし、味噌汁《みそしる》ぐらいどうということはない。

飯の菜などは振り売りの小商人《こあきんど》から買えばすむし、洗濯も手馴れたものよ。なんの心配もいらん」

平蔵はこともなげにうなずいてみせた。

「啓之助。聞いてのとおりだ。わしとても、すぐに見舞いに駆けつけたいが、紀州の吉宗公のご要望で、十日後に紀州藩邸で御前試合を披露することになっておってな。いまさら変替《へんが》えはできぬ」

「はい。さきほど、波津さまからうかがいました。またとない名誉なことと存じます」

「なんの、いまさら町医者が剣術をひけらかすのも気恥ずかしいようなものだが、小網町の道場にとっては大事のことでもあり、頼まれた兄者の面目もあるゆえな」

「ええ、それは、もう……」

「とはいえ、わしは官兵衛どのを、このまま寝たきりの病人にしておきたくはない」

「え……」

波津が目を瞠った。

「と、もうされますと、なにか手だてがございますのか」

「ああ、あるとも……」

平蔵はきっぱりとうなずいた。

「あるが、それは実の娘のそなたしかできぬことかも知れぬ」

「と、もうされますと……」

「よいか、九十九の屋敷にもどったら、おまえが官兵衛どのに手を貸して、手足を動かすように仕向け、無理にも立ちあがらせ、歩かせるようにすることだ」

「え……」

「これは一日でも早いほうがよい。日にちがたって、官兵衛どのの気力が萎《な》えて筋力が落ちてからでは遅い」

平蔵は厳しい目で波津を見つめた。

「いまのうちに、せいぜい滋養のあるものを口に入れて、おまえが介添えしてでも立ちあがるように仕向けることだ。おそらく良庵先生は二度目の発作が起きれば命にかかわると反対されるかも知れぬ」

「…………」

「むろん、今度、発作が起きれば、そのまま落命される恐れはある。なれど、このまま生ける屍《しかばね》のように、ただ生きているというのは官兵衛どのが、もっとも望まれぬことだと思う」

「はい。それはもう……」

波津は蒼ざめながらも、きっぱりとうなずいた。

「わしは亡くなった義父上《ちちうえ》から中気の病人を回復させるにはこれしか手だてはないと教えられた」

平蔵はきびしい目になって、波津を見つめた。

「………」

波津はまばたきもせずに真剣な目で平蔵を見返した。

## 五

亡くなった義父の夕斎は医師として、難病といわれている卒中の治療にこころを砕いてきた人でもあったと平蔵は語った。

「中気は決して不治の病いではない。……ただ、回復させるには本人の気力と、介添えする者の怯《ひる》まぬ覚悟がいる」

波津は無言でうなずいた。

「ただの病人の看病なら、荻乃どのや女中たちでもできるが、これぱかりは他人には到底できぬことだ。官兵衛どのが血肉を分けた実の娘のおまえにしかできぬことでもある。わかるな」

荻乃というのは曲家の用人小日向惣助《こひなたそうすけ》の妻女だが、たしか、とうに四十を過ぎているはずだ。

曲家の家事一切をとりしきっているだけに、中気の病人の世話までとなると重荷になるのは目に見えている。

「はい、それは、もう……」

波津にもそういう生家の事情はわかっているから、おおきくうなずきかえした。

「おれも、おっつけ九十九に行くが、おまえは一日でも早く官兵衛どののもとにまいれ。岳崗藩御用の手札をもった啓之助たちと同行すれば関所も楽に通れるだろうし、道中も安心だからな」

「わかりました。おまえさまのおっしゃるようにいたします」

波津は強く何度もうなずいた。

啓之助がぐいと膝をおしすすめた。

「波津さまのことはおまかせください。さきほど、そのことで波津さまとも相談していたのですが、波津さまが先生をひとり置いていくことはできかねるともうされまして……」

「ほう。ふだんは家にまごまごしていると、すぐに追い出したがるくせに、たまには殊勝なことをいうのう」

「ま……人聞きの悪いことをもうされますな。これまで、おまえさまを追い出したことなど一度もございませぬ」

「ふふふ、ま、そのようなことはどうでもよい。とにかく、わしのことなど気にせず、父御の看病に専念してくることだ」

「そうはもうされますが、わたくしが里にもどれば、ひと月や、ふた月はもどれぬかも知れませぬよ」

「むろん、すくなくとも半年や一年はかかると思うている」

「そのあいだ、おまえさまに一人暮らしをさせておくのは、どうにも気がかりでなりませぬ。できれば、もう一度、『味楽』の茂庭十内どのにお願いして、お世話になったほうがよろしいのでは……味楽なら人手もございますし、気心も知れておりますもの」

「よせよせ、道楽息子の家出じゃあるまいし、ことあるごとに出たりもどったりしていられるか」

「でも……」

「なに、どうしても、おまえが気になるというのなら飯炊きの婆さんでも雇えばすむことだ」

ことてもなげにいってからニヤリとしてみせた。

「もっとも、口入れ屋に頼んでも手頃な飯炊き婆さんが来るとはかぎらんぞ。もしかすると色っぽい年増《としま》か、二八そこその、初々《ういうい》しい小娘がやって来るやも知れぬがの」

「ま……」

波津は目をすくいあげ、くすっと笑った。

「おまえさまも、むさい年寄りがくるよりは、そのほうが楽しゅうございましょう」

波津はからかうように小首をかしげた。

「いまはそんなことをもうされていますが、十日や二十日ならともかく、何ヶ月ものあいだ独り寝して、おとなしくなさっていられるとは思えませぬ」

「なにぃ……」

　平蔵、思わず苦笑したが、波津は意に介さぬ口調でさらりといってのけた。

「夫の浮気などというのは、所詮《しょせん》、野山で用足しするようなもの、それに、いちいち目くじらをたてるようなら嫁になどいくなと、里の父がよくもうしておりました」

　波津は涼しい顔で、おなごらしからぬことをずばりと口にした。

「ときには無性に血が騒ぐということもございましょうから、浮気などいくらなさってもかまいませせぬ。……ただ、あとに尾を引くような浮気だけはなさらないでくださいましね」

「う、ううむ……」

　平蔵も、これには絶句して、啓之助と顔を見合わせるしかなかった。

六

　常夜灯の淡い灯火が薄闇のなかにほのかにゆらいでいる。

　二匹の蛾《が》が常夜灯の火明かりに誘われて、追いかけっこしながら舞っていた。

一匹が天井にとまると、もう一匹がすぐに後を追って背中に乗りかかろうとする。どうやら追いかけているほうが雄で、逃げまわっているほうが雌らしい。

どうやら雄が交尾をしかけようとしているらしいが、雌のほうはすぐに肘鉄《ひじてつ》を食わして逃げる。それでも雄のほうは性懲《しょうこ》りもなく、未練たらしく雌を追いかけまわしている。

なんとなく寝つかれぬまま、平蔵は二匹の蛾を目で追っていた。

平蔵の腕を枕がわりに胸に顔をうずめるようにして、波津がやすらかな寝息を漏らしている。

洗い髪を後ろで束ねただけの額に汗がうっすらとにじんでいた。

寝乱れた髪が汗ばんだ頬にまつわりつき、ゆるんだ寝衣の胸前からこぼれた乳房のふくらみの谷間も汗でしとどに濡れている。平蔵の足に両足をからみつけ、腹をぴたりと腰骨におしつけている。夜着《よぎ》はとうに撥ね飛ばされ、部屋の片隅でいじけたようにまるまっていた。

今夜の波津は、いつもとはようすがちがっていた。まるで、これがふたりの最後の営みであるかのような乱れようだった。

それも無理からぬことか……とは思う。

なにせ九十九の里は江戸から北西に五十余里の遠方にある、山また山に囲まれた山間《やまあい》の僻地《へきち》である。山道にさしかかれば平地のようなわけにはいかないし、雨にでも降られたら道はぬかるみ、川が氾濫《はんらん》すれば宿で足止めを食うこともある。いくら波津が並みのおなごより足腰は達者といっても、順調にいっても片道十日はかかるだろう。

しかも、里帰りとはいっても、そこには、いつ回復するという目途《めど》があるわけではない父の看病の日々が待ちうけているのだ。

しかも、いつ、もどれるかわからない旅立ちである。

いくら気丈とはいえ、おなごの胸にかかえた鬱屈《うつくつ》はたとえようもなく重いものがあるにちがいなかった。遠い旅路の先に待ちうけている日々を思うと、婚して初めての里帰りという気分とは、ほど遠いものがあるだろう。

平蔵は指をのばして汗で額に張りついている後《おく》れ毛をそっとつまんではずしてやった。

波津がうっすらと目をあけて、頬をすりよせてきた。

「平蔵さま……」

「うむ……」

「早く、おまえさまの赤子《やや》を産みとうございます」

「やや、か……」

平蔵は苦笑した。

「なにも、そう焦《あせ》ることはなかろう。おまえは、まだまだ若い」

「いいえ、おなごは年寄るのが早いものですよ。それに若いうちのほうが安産だともうしますもの」

「…………」

「わたし、産むなら平蔵さまのような男の子が欲しい」

「よせよせ、おれがような子をもってみろ。ちっとやそっとじゃいうことをきかぬし、懲らしめに蔵の中に閉じこめようにも町家暮らしでは蔵どころか納屋もない。とてものことに始末におえぬぞ」

「そうでもないと思いますけれど……」

「いや、どうせならおなごがいい。伝八郎のところの光江《みつえ》みたいに買い物や家事も手伝ってくれるから、おまえも楽ができるぞ」

育代が連れ子してきた光江は七つだが、なかなかのおしゃまで、ふたりの弟の面倒も見るし、炊事もすれば洗濯もする利発なおなごだ。

「あの子のような娘ばかりとはかぎりませぬよ。わたしのようなはねっかえりのおなごもおりますから」

「なに、おなごのはねっかえりぐらいたかが知れておる。そうよ、おなごなら何人いてもいい。じゃかすか産め」

「ま……じゃかすかだなんて」

波津はくすっと笑った。

「でも、おなごはややを何人も産むと肥えてくるといいますよ」

「なに、おまえは心配いらん。すこし肥えたくらいでちょうどいい」

「ふふ……」

波津はうれしそうに、ふくみ笑いした。

「でも、もしかして今夜、身ごもっていたりしたら、どんなにうれしいか知れませぬ」

そうささやくと、平蔵の二の腕をかいこむようにして、幸せそうに目を閉じた。

──ふうむ……。

じゃかすか産め、などと調子のいいことをいったものの、本音のところ、赤子が欲しいと思ったことなどない。

だいたいが男がおなごに求めるのは、鬱勃《うつぼつ》たる官能の炎を鎮めてくれる女体のやすらぎである。跡取りなど考えるのは、家系が絶えると家がつぶれる武家か、大店《おおだな》の商人ぐらいのものだろう。

長屋住まいの夫婦などは赤子は夫婦の営みの副産物のようなもので、ひとりやふたりまではいいが、三人ともなると食わせていくのに窮して溜息のもとになるくらいだ。

いまの平蔵も長屋の住人とおつかつというところだ。

伝八郎が、所帯をもったばかりの三味線《しゃみせん》堀《ぼり》の長屋で穴熊みたいにむくむく褞袍《どてら》に着ぶくれて、赤子を背負い、井戸端でおむつを洗濯していた、なんともさえない格好を思い出した。

——ああなったら、ちと、たまらんぞ……。

思わず溜息をついたとき、時の鐘が四つを打つのが聞こえてきた。

その鐘の音に誘われたか、近くの森で梟《ふくろう》の鳴く声が聞こえてきた。

ほっほう、ほっほう〜……。

低く、くぐったような梟の鳴き声はなにやら孤独で、もの悲しい。

梟は夜の闇に生きる猛禽《もうきん》で、森の王者でもある。

耳の穴がおおきく、左右の耳が上下にすこしずつずれているため、闇のなかでも獲物の居場所を的確にとらえることができるのだと、狩人から聞いたことがある。

獲物はおもに鼠《ねずみ》や栗鼠《りす》などのちいさい獣だが、ときには雉子《きじ》や蛇《へび》なども襲うことがある。樹上から羽音もたてず、まっしぐらに獲物に襲いかかり、鋭い爪で一撃してから止《とど》めを刺して巣穴に持ち帰る。

人は白昼に動きまわり、夜は眠る昼型の生き物で、群れることを好んで、群れのなかで生きる掟《おきて》をつくる生き物である。

しかし、梟はその逆に深夜の暗闇と孤独を好み、群れようとはしない生き物でもある。

梟は四季を問わず鳥や鼠、蛇なども食うほどの猛禽だが、顔全体は丸く穏やかで、どことなく思慮深い僧侶のように見える。その印象もあってか、狩人は梟を森の賢者と呼んでいるそうだが、根っこはあくまでも孤独な狩人である。

群れのなかで生きるほうが楽だが、それを好まない梟という生き物に平蔵は妙に惹《ひ》かれるものをおぼえる。

平蔵はもともとが世の中のはみだし者である。

大身旗本の家に生まれながら、父の遺志で医者をしていた叔父夕斎の養子に出され、やむをえず医者になっただけのことだ。武家に養子に出されて、裃《かみしも》を着て窮屈な宮仕えをさせられるくらいなら、医者のほうがましだと思っているから悔いる気はさらさらないが、いまだに剣を捨てられずにいる、いわば町人にもなりきれず、かといって侍でもない、どっちつかずのはみだし者である。その、はみだし者が人並みに所帯をもって、もがいている。

かたわらで、ひょんなことから風来坊の居候とわりない仲になってしまい、もののはずみで、つい、はみだし者の道連れになってしまった波津がやすらかな寝息をたてていた。

平蔵は梟の声を聞きながら、ふと、おもんのことを思いうかべた。

おもんも、また、はみだし者のひとりなのだろう。

# 第十章　密　命

## 一

その日の夕刻六つ（午後六時）ごろ、小日向町の柘植杏平の家に尾張藩付家老の成瀬隼人正《はやとのしょう》から使いの者が訪れた。

五つごろ（午後八時）までに麹町《こうじまち》十丁目にある成瀬家の上屋敷に参上するようにという使いの者の口上だった。

急いで夕食をすませ、お露に髷《まげ》をととのえさせ、羽織袴《はおりはかま》を着用して小日向町の家を出た。

四ッ谷《よつや》御門内にある成瀬隼人正の上屋敷は麹町の大通りを挟んで尾張藩中屋敷の真ん前にあり、ちょっとした小大名の屋敷に匹敵するほど立派なものだった。

なにしろ成瀬隼人正は幕府から尾張藩の付家老として差し向けられている重臣

で、木曾川《きそがわ》を眼下にのぞむ犬山城《いぬやまじょう》の城主でもある。

新宿追分《しんじゅくおいわけ》にある下屋敷（現在の新宿駅）は数万石の大名屋敷に匹敵するほど広大なものだ。

杏平は二日前、藩主の継友に陰守《かげもり》役を辞する旨《むね》をしたためた届けを出したばかりである。

おそらく、そのことについて隼人正から何か咎《とが》められるのかも知れないと思ったが、陰守は先代藩主の吉通に望まれたもので、藩政とは無縁のものだと杏平は思っている。

しかし、いちおうは藩主からの陰扶持《かげぶち》を食《は》んでいた義理もあるから、付家老の呼び出しを無下に断るのもどうかと思って出向いたのだ。

門番に来意を告げると、すぐに脇門から通され、近習《きんじゅう》らしい侍に腰の物をあずけ、案内されるまま長廊下を奥に向かった。

杏平が通された部屋は中庭に面した書院で、室内には灯の入った大きな丸行灯《まるあんどん》が置かれているだけで、主人の成瀬隼人正の姿はなかった。

間もなく奥女中が茶菓を運んできたが、むろん杏平は、それには手をつけずに端座して、隼人正が現れるのを待った。

広大な屋敷には何十人もの侍や女中がいるはずだが、あたりは深閑《しんかん》として人の声や、足音ひとつ聞こえてこない。

開けはなたれた廊下の向こうには築山《つきやま》がこんもりと生い茂っている。

薄曇りの夜空に三日月が淡い光を投げかけていた。

中庭の闇に黒ぐろと枝をひろげている五葉松《ごようまつ》の老樹を眺めていると、廊下を渡ってくる闊達《かったつ》な跫音《あしおと》がした。

居住まいをただしていると、普段着らしい渋い納戸《なんど》色《いろ》の小袖を着流しにした成瀬隼人正が近習をしたがえて書院に入ってきた。

近習は廊下にひかえ、端座した。

成瀬隼人正はどっかと上座につくと、鷹《たか》のような鋭い双眸《りようめ》を柘植杏平にそそいだ。

「そちが柘植杏平か」

「ははっ」

さすがは尾張六十万石随一の権力者だけあって、その威風に圧《お》されて杏平は思わず平伏した。

「うむ。夜分、呼び出してすまぬが、ちと内談したいことができての」

──内談……。

杏平は怪訝《けげん》な目をあげた。一介の陰守にしかすぎない杏平に内談とはどういうことだろうといぶかった。

隼人正はしばらくのあいだ、あたかも品定めでもするような無遠慮な眼差しをそそいだ。

「わしがそのほうに対面するのは初めてだが、なるほど先代の吉通さまが見込まれただけあって、なかなか、よい面構《つらがま》えをしておるわ」

「おそれいります」

杏平は顔をあげて、まっすぐに尾張藩随一の権勢を誇る付家老の顔をまじまじと見返した。

これまで遠くから姿を見かけたことはあるが、こんな間近で成瀬隼人正を見たことは一度もなかった。

隼人正はすこし鼻梁《びりよう》が太く、頬骨の張った、いかにも威厳のある顔立ちだった。

「多年の陰守勤め、さぞかし不本意であったろうな」

思いもかけない隼人正のぬくもりのこもった労《ねぎら》いの言葉に、一瞬、杏平は戸惑いをおぼえた。

「いえ、それがしが望んだことでございますゆえ、いささかも」

「ほう……」

意外なことを耳にしたというように隼人正は双眸を細めた。

「望んだことともうすか」

「はい。それがしは一介の剣士。禄を食んでの城勤めは性にあいませぬゆえ」

「ふうむ……性にあわぬか」

隼人正はかすかにうなずいてから苦笑した。

「わからんでもないの」

「おそれいります」

「なに、かまわぬよ。禄を食めば意に染まぬことも強いられるゆえな」

隼人正は深ぶかとうなずいてから、目に笑みをにじませた。

「殿に陰守役を辞する旨を申し出たそうだが、どこぞに行くあてでもあるのか」

「は、てまえにもいささか知人がございますゆえ」

「ならばよい。よいが、その前に是非ともそちに頼みたいことがあるが、聞いてくれるかの」

「さよう。事と次第によってはお断りするやも知れませぬ」

杏平はぐいと胸を張った。いかに尾張藩で権勢ゆるぎなき付家老とはいえ、藩士でもない柘植杏平にはきけないこともあるという意志のあらわれであった。

「ふふ、意固地な男とは聞いていたが、なかなかのものだの」

成瀬隼人正はいささか鼻白んだようすだったが、それで意を害したようには見えなかった。

「よかろう。意固地な男は口も堅いという。これからもうすこと、かまえて口外無用だぞ」

「は……」

「これは御三家筆頭でもある尾張藩の面目にかかわる大事だ。近《ちこ》う寄るがよい」

成瀬隼人正は声を落として手招きした。

柘植杏平はためらいつつも、隼人正の真剣な眼差しに引き寄せられるように膝《しっ》行《こう》した。

「今朝、営中で紀州の吉宗公から、尾張では鴉《からす》を何羽も飼《こ》うておるそうだのといわれた」

隼人正は苦虫を嚙みつぶしたような顔になった。

「これがどういう意味合いか、わかるな」

「…………」

　杏平はかすかにうなずいた。尾張にとって都合の悪い者をひそかに始末する隠密の集団といわれている鴉組のことだなとわかったが、杏平とはかかわりのないことである。

「吉宗公は表向きは大腹《たいふく》のように見ゆるが、なかなかどうして見た目とはちごうて、おそろしく細心な御仁《ごじん》じゃ。尾張にとっては片時も目離しできぬ油断のならぬ御仁でもある」

　隼人正はちちちっとかすかに舌打ちした。

「そちも耳にしていると思うが、伊皿子坂の不祥事《ふしょうじ》といい、湯島の切通坂の一件も、おそらくはかの御仁の耳に入っておるにちがいない」

　隼人正は眉尻をぐいとはねあげた。

「公儀目付に神谷ともうす者がおるが、その実弟で平蔵ともうす町医者が、この双方の件に深くかかわっておる。なんでも風花《かざばな》ノ剣とかもうす秘剣をみずから会得したほどの剣士だそうな」

「神谷平蔵どのなら、それがしも面識がございますが」

「ほう……」

隼人正の双眸が細く切れた。

「親しくしておるのか」

「いえ、一度、会《お》うただけですが……その、神谷どのが、なにか」

「ま、ま、知らぬなら知らぬでもよい」

隼人正は苦い顔になって片手をふってみせた。

「知らぬが花ということもあるゆえな」

「は……」

「ともあれ、そちも知っていようが、いまは尾張にとって存亡にもかかわる大事のときでもある。このことは、そちとてもわかるの」

「くわしくは存じませぬが、いささかは……」

「うむ。これらのこと、いずれも捨て置けば御三家筆頭の面目が立たぬどころか、下手《へた》をすれば御家お取りつぶしということにもなりかねん事態じゃ」

「…………」

隼人正は険しい眼差しになった。

「そちに頼みというのはそのことでの」

ぐいと膝を乗り出し、手招きした。

「もそっと、近う寄れ……近う」

「は……」

にじり寄るように膝をおしすすめた杏平の耳元に、厳しい表情になった成瀬隼人正が低い声音《こわね》でなにごとかをささやいた。

「…………」

しばらくするうち、杏平は驚愕《きょうがく》したような眼差しで、ひたと隼人正を見返した。

「よいか。これが、そちの尾張家への最後のご奉公となろう。かならずや仕遂げてくれ。よいな」

「しかと、うけたまわりました」

柘植杏平は深沈《しんちん》とした双眸でうなずくと、サッと袴をさばいて元の座にもどり、腰を折って一礼した。

二

まだ梅雨《つゆ》にはすこし早いが、空はどんよりと鈍色《にびいろ》に曇っていた。

平蔵は縁側にあぐらをかいて握り飯を頬ばっていた。

波津は朝から渋井啓之助といっしょに国元への土産物《みやげもの》を買いに日本橋に出かけている。

平蔵も誘われたが、女の買い物につきあうのは苦手だし、啓之助は波津とは姉弟のような気安い間柄だから、なまじ平蔵がついていくよりも二人だけのほうが気楽でいいだろう。昼飯は両国の『味楽』に寄って、啓之助になにかうまいものでもご馳走してやれといって送り出したのである。

おそらく、二人はいまごろ『味楽』の座敷で茂庭十内が腕によりをかけて料理した馳走に舌鼓《したつづみ》を打っているころだろう。

いまが旬《しゅん》の上り鮎《あゆ》か、桜鯛《さくらだい》の塩焼きあたりかなと思うと、ちょっぴり羨《うらや》ましい気がしないでもない。

ひとりでぼそぼそと握り飯を頬ばっていたとき、玄関で女の訪《おとな》う声がした。

物売りの女かなと思って、指についた飯粒をなめながら玄関に出てみると、門口で色白のほっそりした女がたたずんでいた。

「あの、ここはお医者をなさっている神谷さまのお宅でしょうか」

小腰をかがめ、おずおずと尋《たず》ねた。

「いかにも、わしが神谷だが……」

急いで口のなかの梅干しの種を掌に吐き出した。

「ああ、よかった」

女はホッとしたように笑顔を見せた。

「宮内さまから長崎帰りのお医者さまだとうかがっていましたから、もっとお年を召したかただとばかり思っていましたので、もしかしたらお宅をまちがえたのかと……」

あいかわらず、宮内庄兵衛は平蔵の医業を気遣《きづか》って披露目《ひろめ》を続けてくれているらしい。

「おお、そうかそうか、宮内どのの紹介とあれば、往診でもなんでも厭《いと》わぬが、どなたか家に具合の悪い病人でもおられるのかな」

「いえ、診《み》ていただきたいのはわたくしです」

「あんた、が……」

平蔵、まじまじと女を見つめた。

品のいい瓜実顔《うりざねがお》で、目鼻立ちもととのった、なかなかの美人で、やや細身の躰だが、病いもちにはとても見えなかった。

「ま、ともかくあがられよ」

診察室がわりにしている玄関脇の小部屋にうながした。

「失礼いたします」

女は行儀よく、着物の裾をつまんで敷石に下駄をそろえ、上がり框《かまち》にあがると、腰を落として脱ぎ捨てた下駄をきちんとそろえた。

身なりは貧しいものの、物腰にどこなく躾《しつけ》のよさが感じられる女だった。

女はお篠《しの》といって、団子坂下の長屋に住んで縫い物の仕立てをして暮らしているらしい。

亭主は担《にな》い売《う》りの小間物屋をしていたが、三年前に亡くなり、いまは一人暮しだということだった。

どこが気になるのかと聞いてみたら、十日ほど前から食がすすまないし、いつも胃のあたりが重苦しく、ときおり腹が痛むこともある。なにか悪い病いにとりつかれたのではないかと悩んでいたが、頼まれていた仕立物の浴衣《ゆかた》を届けにいった宮内庄兵衛から、ここにいい医者がいるから一度診てもらえと、すすめられたのだという。

「ともあれ触診してみないことにはなんともいえんが、腰の帯をすこしゆるめて、仰向けになってもらおうか」

部屋の片隅に置いてある木枕をすすめた。

「はい……」

お篠は素直に帯をゆるめて、仰臥《ぎょうが》した。

平蔵は鳩尾《みぞおち》のあたりから腹部にかけて指先で静かにおしながら触診した。

お篠の肌は吸いつくようになめらかで、子を産んだことがないせいか、さほどおおきくはない乳房も小ぶりながらむちりとしている。

亡くなった亭主はさぞかし心残りだったろうと、つい、お節介なことを思った。

三

丹念に指先で触診してみたが、胃袋には痼《しこ》りらしいものはなく、やわらかだった。

着物のうえから腹の左右、下腹のあたりを触診したあと、腹這いにさせると腰骨のまわりを静かにおしてみた。

すこし下腹が張っているようだが、気になるような痼りはどこにもなかった。

「ときおり、しくしく痛むというのは、このあたりかな」

平蔵が臍《へそ》の下のふくらみを指でおして尋ねた。

「え、ええ……」

お篠は羞じらいながら、かすかにうなずいた。

「よしよし、わかった。もういいぞ」

お篠は起きあがりながら、不安そうな目で平蔵を見返した。

「そなた、日々の通じのほうはどうだ。滞《とどこお》りなくあるのか」

「いえ。三日に一度か……五日に一度ぐらいですけど」

どうやら女に多い便秘症らしい。

「ふうむ。というと、食も人並みより細い口だな」

「え、ええ。いつも、お茶碗に半分くらい……それに仕立物が込んでいるときはお煎餅《せんべい》を食べたきりでお昼をすませてしまうこともあります」

「そりゃまぁ、茶腹も一時ともいうからな。それにしても煎餅だけではいくらなんでも腹が減るだろう」

「いいえ、わたし、子供のころから小食でしたから……」

「ふうむ……」

それにしても度が過ぎると、平蔵は思わず苦笑した。

「菜はどんなものを食べている」

「朝は味噌汁《みそしる》だけですが、夜は目刺《めざ》しか、お豆腐……たまには生卵をご飯にまぶしていただくこともあります」

「それで、飯が半膳か。いくら小食といっても、それでは、すこし度が過ぎる。あんたの病気のもとはそれだよ」

「え……」

「人は生き物だから、喉が渇けば水を飲み、食い物を食って滋養をとって生きていくようにできている。しっかり食べれば、それだけ通じもよくなるはずだ。おおかた、あんたの便は、よく出てこれっくらいのやつが、ふたつか、みっつ、そんなもんじゃないのか」

平蔵は笑いながら親指を立ててみせた。

「は、はい……」

お篠は年増《としま》らしくもなく、小娘のように頬を赤らめてうなずいた。

「それじゃ病人並みだな。おれなんぞ、毎日、丼にこってり山盛りぐらいはひりだすぞ」

「ま……」

「それで、よく育ったもんだ。ふつうなら痩せこけて、とうに死んでしまっていても不思議ではないぞ」

「いえ、嫁ぐ前も小食でしたが、いまよりは食べていました」

「というと、嫁いでからは亭主がケチで食べさせてくれなんだのか」

「いいえ。その逆です。うちの人はどんなに貧しくても、食べるものはケチるなといって、丼に二杯は食べないと気がすまないような人でしたから、朝、お釜に炊《た》いたご飯が、夜にはいつもすこし足りなくなるくらいでした」

「ははあ、あんたが食べようとしたときは、釜の底にちょっぴりしか残っておらなんだということか」

「でも、うちの人は一日中、歩きまわって稼いでくれていましたから、せめて、ご飯ぐらいは腹一杯食べさせたいし、わたしはそんなに食べなくても……」

「ふうむ。それが、いまでも癖になってしまってるんだな」

「…………」

「いいかね。人の胃の腑《ふ》というのは皮袋みたいなもので、食い物しだいでふくらみもするし、ちぢみもする。あんたは長年のあいだに胃の腑がちいさくなってしまってるんだろうな」

「でも……」

「ま、いきなりは無理だろうが、もうすこし食わなくっちゃいかん。せめて茶碗に一膳ぐらいは飯を食うことだ。煎餅が好きならおやつにかじるのもいいが、飯を食うときは沢庵《たくあん》をバリバリ食って、菜にゼンマイや牛蒡《ごぼう》の煮付け、ヒジキなんかを食うようにすることだ。これからは凍《し》み豆腐や雪花菜《きらず》なんかもいいぞ」

「雪花菜って、あの豆腐の絞り滓《かす》ですか……」

どうやら雪花菜は苦手らしく、黙りこんでしまった。

「ま、いい。なんでもいいから、できるだけ糞《くそ》になるような筋のあるものを食うようにすることだ。できれば飯も麦飯のほうがいいと思うがね」

「麦飯ですか……」

「ああ、麦飯も山芋《やまいも》のすり下ろしに醬油《しょうゆ》を入れてぶっかけると、なかなかうまいもんだぞ」

「あれは胃がもたれますから……」

「ま、山芋はいいとしても、目刺しに豆腐じゃ、滋養はあっても糞の足しにはならん。あんたの腹がしくしくするというのは、いうならばフンづまりだよ」

「え……」

「いまも腹にだいぶたまっておるようだったな。銭はためてもいいが、糞をためるのは感心せんな」

「ま……」

クソ、クソと下世話な言葉を連発されて、お篠は気がほぐれたらしく、袖口を口元にあてて、くすっと笑った。

「筋のある食い物は糞を柔らかくしてくれるし、だいいち糞の量《かさ》がふえる。糞がふえれば腸《はらわた》が外に出そうとして動き出す。早くいえば水鉄砲みたいなものだよ」

「水鉄砲……」

「胃の腑も、腸もいわば管のようなものだから、上からおしてやれば自然に下から出てくる。わかるか……」

今度はお篠は笑わず、真顔でうなずいた。

「今日は波布茶《はぶちゃ》と翁草を出してやるから、いっしょに土瓶《どびん》かなんかで、ようく煎じて日に三度、湯飲みで一杯ぐらい飲むといい。胃の腑も、腸もよく動くようになるから、通じもよくなるし、腹病みもしなくなる」

悪い病いではないとわかって安心したらしく、お篠は薬の風呂敷包みを抱えて、いそいそと帰っていった。

紹介してくれた宮内庄兵衛の顔もあるし、診察代と薬代で五十文でいいといったら、何度も小腰をかがめて礼をいって帰っていった。

伝八郎が居合わせたら、きさまはそんな甘ちゃんだから銭が残らんのよ、と文句をつけるだろうなと思って苦笑した。

四

お篠が帰ったあと、平蔵はすぐ近くの千駄木町にある黒鍬組の拝領長屋に宮内庄兵衛を訪ね、診断結果を報告した。

「ははあ、亭主の大食らいは知っておったが、そのぶん、お篠が飯を減らしていたとはのう」

宮内は眉を曇らせた。

「あれはちいさいときから、ごく気だてのよいおなごじゃったが、なんとも幸薄《さち》い子でな」

宮内はまるで自分の娘のことでもしゃべるような口ぶりになった。

お篠の生家は宮内庄兵衛配下の黒鍬之者で、食録は十二俵一人扶持《ぶち》という貧乏暮らしのうえ、五人もの子沢山《こだくさん》だったから、家族が必死で内職に励まないと食うに窮するありさまだったという。

おまけに母親が早死にし、長女のお篠の肩に家事万端がかかってきたため、二十三の年まで嫁き《い》遅れてしまった。

そこで、宮内庄兵衛が仲立ちして小間物の行商をしていた左吉《さきち》という男に嫁がせたのだという。

左吉は気性も優しく、働き者だったから、下手な御家人の家に嫁がせるより幸せになれるだろうと思ったからだ。

ところが、嫁いで二年目に亭主は風邪をこじらせて呆気《あっけ》なく死んでしまったらしい。

もう、お篠は二十八、おなごとしては大年増の口である。

いくら子はいないといっても、再婚先はかぎられてくるし、また子持ちの男と再婚しても苦労するだけだ。

さいわい、お篠は縫い物の腕はなかなかのものだったので、宮内庄兵衛があちこち口をきいて、仕立物の仕事を世話してやったところ、評判もよく、なんとか一人口ぐらいは賄《まかな》えるようになったという。

「ま、お篠は年増といっても、見てのとおりのなかなかの器量よしだし、気だてもいいので、どこぞによい再婚先があればと思っているのだが、本人にはとんとその気はないらしく、せっせと蓄えをしてちいさな小間物を商う小店《こだな》でももてればよいと考えているようですな」

「なんの、二十八といえばおなごの盛り、あれだけの器量よしで、子無しとあれば嫁の貰い手はいくらでもござろう」

「うむ。よい男がいれば職人だろうが商人だろうがかまわぬ。是非にも世話してやっていただければありがたい」

「こころがけておきましょう」

胸を張って引き受けてから、平蔵や伝八郎のような男の妻になるのも考えものだがなと思って苦笑した。

宮内庄兵衛の長屋を辞して、坂上の自宅にもどってみると、門前に一人の武士が羽織袴姿で角樽《つのだる》をぶらさげてたたずんでいた。

「お……」

平蔵は思わず目を瞠《みは》った。

過日、小石川大下水の川べりで釣りをしていて蝮《まむし》に嚙まれ、笙船とふたりで治療をしてやった柘植杏平だった。

伝八郎から聞いたところによると、この柘植杏平は柳生流から破門された剣士で、いまは尾張藩主の陰守をしているらしい。

「柘植どのでござるな」

「おお、これは神谷どの。先日の御礼をもうしあげたいと思い、伝通院の小川笙船先生におうかがいしたところ、こちらに転居なさっているとお聞きして参上いたしました」

過日、釣りに夢中になっていたときとは打って変わって、なんとも丁重な挨拶《あいさつ》だった。

伝八郎は、暗殺専門の刺客らしいから、われわれも狙われるかも知れんぞといっていたが、そんな気配は微塵《みじん》も感じられなかった。

「なんの、それがしは笙船どのの介添えをしたまでのこと、さらさらお気になされますな。あいにく家内は他出しておりますゆえ、なんのおかまいもできませぬが、立ち話はそれぐらいにして、さ、どうぞ」

先に立ってうながしたとき、朝から曇りがちだった空がにわかに泣き出し、小雨がパラついてきた。

## 五

雨はこやみなく降りつづき、ときおり雷が空を渡って鳴り響いた。

裏庭の隅に傘をひろげている欅《けやき》の梢《こずえ》の若葉が雨に濡れてみずみずしい。

平蔵は杏平とともに縁側に円座《わろうだ》をもちだして碁盤《ごばん》を囲んでいた。

碁盤と碁石はここに越してきて間もなく、宮内庄兵衛がもってきてくれたもので、すこし盤面の角や盤脚に傷があるものの、線引きの漆《うるし》はきちんとしているし、碁石の数も揃っていた。

宮内庄兵衛も囲碁好きで、自宅にも盤と石はひとそろいもっている。

平蔵にくれたのは古道具屋がもちこんできたもので、義理で買ったものだということだった。

柘植杏平の目は碁面に釘付けになっている。いま、杏平の黒石は活路を求め、のたうちまわっているところだった。

杏平の囲碁は養父から手ほどきされたものだということだったが、なかなか筋のいい碁だった。

らしい。

奥の八畳間に通したときから部屋の隅に置いてあった碁盤が目にとまっていた

平蔵が小鉢に入れてあった浅蜊《あさり》の佃煮《つくだに》と、湯飲みをふたつもって座敷にもどり、杏平が手土産に持参してくれた角樽の酒で一杯やりはじめたものの、碁盤に目がちらちら走る。

そこで、一番やりますかと誘い水を向けたら、たちまち乗ってきた。

杏平が長考に入って、もう四半刻（三十分）あまりになる。

七つ（午後四時）の鐘が雨垂れの音にまじって聞こえてきた。

そろそろ行灯《あんどん》に灯を入れたほうがよさそうだと思って平蔵が腰をあげかけたとき、戸口でにぎやかな声がして波津と啓之助が帰ってきた。

それでも杏平は身じろぎもせず、食い入るような目を盤面にそそいだままだった。

平蔵が座をはずし、土間で濡れた足を拭いていた波津と啓之助に来客を告げると、波津はすぐさま酒の肴《さかな》の支度にかかった。

板の間には二人が一反風呂敷《いったんぶろしき》で背負ってきたらしい土産物が山盛りになっていた。こんなに買い込んで、どうやって岳崗まで運ぶつもりだと呆《あき》れたが、啓之助はこともなげに、なに小荷駄馬で運ばせますよと涼しい顔で笑いとばした。

まだ、ほかにも反物を買い込んだが、それは明日、呉服屋が運んでくるという。

どうやら土産物は大半が女の衣類や化粧品、櫛《くし》、簪《かんざし》のたぐいらしい。啓之助は家に新妻が待っているし、波津の生家への土産といえば女が欲しがる品物が一番ふさわしいことはたしかだ。

座敷にもどってみると、柘植杏平の長考はまだつづいていた。

今夜はどうやら長い夜になりそうだった。

六

その夜、五つ半（午後九時）ごろ、尾張藩の御用商人でもある政商の美濃屋仁左衛門《じんざえもん》は、深川の山本町《やまもとちょう》にある妾宅《しょうたく》にいた。

この妾宅は大身旗本のものだったが、当主が多額の借金につまって手放したところを買い取って手を入れたもので、百坪近い敷地には築山もある瀟洒《しょうしゃ》なものだった。

仁左衛門はここに半年前から宇乃《うの》という妾《めかけ》を住まわせている。

宇乃は三十石取りの御家人の娘だったが、宇乃の親は仁左衛門に百二十両もの借金をつくってにっちもさっちもいかなくなり、娘をさしだすことで借金を棒引きにしてもらったのである。

宇乃は今年、十九になる。武家の娘だけに物腰にも品があり、瓜実顔のなかなかの美人だった。ただ、難をいえば言葉遣いや物腰が堅苦しく、いささか色気に乏しいところがあった。

仁左衛門にとっては女も大事な商品である。

妾にしたといっても、女の花の盛りはみじかい。長く手元に飼っておくつもりはなかった。いずれは女好きの要人に献上するつもりである。

半年かけて、仁左衛門は宇乃をみっちり仕込んできた。茶道、華道、琴《こと》も習わせてきた。

貧しい御家人の家に生まれただけに、宇乃は台所仕事や縫い物はそつなくこなすが、そんな垢《あか》は削ぎ落とし、優雅で、品のある美貌に磨きをかけることだけに専念させてきた。

閨事《ねやごと》でも男の愛撫にあからさまな痴態はひかえ、つつしみぶかく反応するよう丹念に仕込んできたのである。

——どうやら、その甲斐《かい》があったようだ……。

箱枕に頭を乗せて、寝入っている宇乃を見やりながら、仁左衛門は満足そうに莨《たばこ》をくゆらせていた。

イモ虫が蛹《さなぎ》になり美しい蝶《ちょう》に化けるように、宇乃は半年前とは見ちがえるように変わった。

——さて、宇乃をどこに献上するかな……。

かたわらで眠っている宇乃を見やりながら、仁左衛門は狡猾《こうかつ》な算盤《そろばん》をはじいていた。

仁左衛門は、左内坂に算用指南の看板をかかげて幕府要人や大商人の斡旋《あっせん》をする諸岡湛庵の伝手《つて》で尾張藩主の側用人として権勢をふるっている日下部伊織にとりいり、尾張藩の御用商人になって巨富を築いてきた男である。

将軍位継承をめぐって尾張藩主の継友と、紀州藩主の吉宗がしのぎをけずるようになってからは湛庵とともに尾張に肩入れして、幕府老中や大奥にはたらきかけてきたが、その風向きがどうやら怪しくなってきている。もしも八代将軍の座が紀州の吉宗ということにでもなれば、日下部伊織の信頼を失い、尾張藩との縁も切られるだろう。

下手をすれば美濃屋の暖簾《のれん》も傾きかねない情勢だった。

そこで、いま仁左衛門はひそかに紀州家の江戸家老に伝手を求めて、はたらきかけているさなかだった。

つまり尾張と紀州に二股をかけようとしているのだ。

武家では二股膏薬《ごうやく》は卑《いや》しむべきこととして忌《い》み嫌われるが、商人にとってはめずらしくもない常套《じょうとう》の手段である。

——武家などというのは表向き堅苦しいことをいっているものの、本音のところは懐《ふところ》と裾には意地汚いものや。

黄金とおなごの白い肌にはとんと弱いことを仁左衛門はよく知っている。そのふたつを、どうあやつって自家《じか》薬籠中《やくろうちゅう》にとりこむかを思案することほど楽しいことはない。

これから先の打つ手に思いをめぐらせていたとき、玄関のほうで人が呻《うめ》くような重苦しい声が聞こえた。

眉をひそめて身を起こしかけたとき、ふいに寝室の襖《ふすま》を無造作にあけて、屈強な侍がずかずかと踏みこんできた。

「お、おい……あんた」

仁左衛門が愕然《がくぜん》として床から起きあがろうとする間もなく、侍の腰から白刃《はくじん》が閃《ひらめ》いた。

血しぶきとともに美濃屋仁左衛門は肩から斜めに両断され、かたわらに寝ていた宇乃に覆《おお》いかぶさって声をあげる暇もなく絶命した。

宇乃が悲鳴をあげて白い寝衣のまま四つん這いになって布団から逃げ出そうとしたが、曲者《くせもの》の切っ先は容赦もなく宇乃の背中を深ぶかと串刺しにした。

七

平蔵はひさしぶりに伝通院前の小川笙船宅に足を運んだ。

無沙汰《ぶさた》の詫びかたがた、九十九の里にいる義父が中気《ちゆうき》で倒れたため妻をしばらく里に帰すことにしたことを告げると、笙船は中気に卓効があるという唐渡《から》りの薬をくれた。なんでも血の管を丈夫にする薬だということだった。

「ともあれ、病いは薬だけで治るものではない。ことに中気は一に看病、二に看病、ご妻女の親御への想いがなによりの妙薬じゃ」

笙船の言葉は平蔵の思いとおなじだった。

ありがたく拝受して帰宅してみると、奥の部屋で波津がだれかと談笑している声がする。

八畳間にいってみると、波津が反物を挟んで、お篠とにこやかに話し合っていた。平蔵が入っていくと、お篠は急いで両手をついて、昨日の礼を述べた。

波布茶と翁草を土瓶に煎じて、せっせと飲んでみたら胃もすっきりしてきたし、今朝は気持ちよく通じもあったという。

「なに、あんたのはもともと病いなんかじゃない。食が細すぎただけのことだ。よく食べて、せっせと躰を動かすだけで丈夫になるさ」

そういってやると、波津がかたわらから口を挟んだ。

「そうですとも、長屋にこもって針仕事ばかりしていては気持ちも滅入りますからね。この団子坂をのぼりおりするだけでも、きっとお元気になりますよ」

「ああ、この坂をのぼりおりするだけでも、通じがつくというものだ」

「ま……」

くすっと笑ったお篠のかたわらから、波津が身を乗り出した。

「そうそ、おまえさま。わたくしの留守のあいだのことが気がかりでしたが、さきほど二人で話し合って、お篠さんにわたくしの留守のあいだのおまえさまの身のまわりのことや家事をお願いすることにしましたの。ねぇ、お篠さん」

「はい。わたくしにできるだけのことはさせていただきますので、ご遠慮なく、なんでもおっしゃってくださいまし」

お篠はあらためて両手をついて、挨拶した。

——いったい、どうなっとるんだ……。

平蔵、啞然《あぜん》としたが、波津は上機嫌だった。

「なんといっても宮内さまの存じよりの御方ですもの。安心して留守をおまかせできますわ。いまも、おまえさまの浴衣を仕立てていただくようお願いしていたところですの」

「お着物の身頃《みごろ》や裄丈《ゆきたけ》もわかりましたから、浴衣なら三日もあれば縫いあげられると思います」

お篠は反物を手にして、にこやかにほほえんだ。

「う、うむ。それはよいとしても、お篠さんの暮らし向きのこともあるゆえ、無理をさせてはいかんぞ」

「ご心配なく、家事をおまかせするからには、それなりのお手当てもさしあげなくては申しわけありませんもの。仕立物は別にして、とりあえず半年分のお手当てをさしあげておきました。ねぇ、お篠さん」

「ええ、もう、充分すぎるほどいただきましたし、わたくしも神谷さまがそばにいてくだされば、なにかと心丈夫ですから」

お篠も満足しているらしく、顔をほころばせた。

どうやら女同士ですっかり談合ずみらしい。

——それにしても……。

水気のきれた婆さんならともかく、お篠は年増とはいえ、男ならだれしも食指をそそられかねない、水気たっぷりの器量よしである。

——いいのか、おい……。

そのあたりの波津の思惑を付度《そんたく》しかねていると、波津がくすっと目を笑わせた。

「お篠さん。このおひとは糸の切れた凧《たこ》みたいなところがありますから、ちゃんと目配りしていてくださいましね」

——ちっ、どっちが糸の切れた凧だ。

どうやら波津は、お篠を平蔵の目付役にでもしたつもりらしい。

平蔵、憮然《ぶぜん》としている。

# 終　章　九死一生

一

内藤新宿《ないとうしんじゆく》は品川、千住《せんじゆ》、板橋《いたばし》に次ぐ江戸四宿《ししゆく》のひとつである。高札場をまっすぐ行けば青梅《おうめ》街道、左に向かえば甲州街道につながる分岐点でもある。

岳崗藩は甲州街道から南西に分かれた脇街道沿いにある。

渋井啓之助たちの一行は藩士が六名、江戸藩邸での奉公をおえて故郷に帰ることを許された二人の女中に波津をくわえた九人だった。

饅頭笠《まんじゆうがさ》をかぶり、足に脚絆《きやはん》をつけ、足袋《たび》に草鞋《わらじ》、杖《つえ》を片手にした三人の女を伴った啓之助の一行は、三頭の小荷駄馬の手綱《たづな》を引いた馬子《まご》をしたがえて朝まだきの甲州街道をまっすぐ西に向かって遠ざかっていった。

平蔵は高札場にたたずんで、遠ざかっていく一行を身じろぎもせずに見送っていた。

波津が何度もふりかえっては杖をかかげてみせた。

別れぎわにほほえみながら、ひたと平蔵を見つめた目に万感の思いがこもっていた。

同行する二人の女中はいずれも、生家にもどれば嫁ぐ先がきまっている娘たちだったから、その目は婚する女の華やぎに彩《いろど》られていたが、波津の行く手には中気で病床にある父の看病が待ちかまえている。

──さぞかし気が重いことだろう……。

この数日の旅立ち前のあわただしさのなかでも波津はつとめて気丈に振る舞っていたことを思い出し、平蔵は遠ざかっていく波津の姿が見えなくなるまでたたずんでいた。

朝の光が清々《すがすが》しくさしはじめると高札場は旅立つ人でひしめきあってきた。

荷駄馬のいななきや、馬子の怒鳴りあう殺気だった声、客を呼びこむ茶店の女のかしましい声で広い高札場は騒然としていた。

内藤新宿は宿場女郎の多いところでもある。

街道筋の旅籠《はたご》からは、旅からもどってきて、最後の旅の垢の落としどころとばかりに草鞋を脱いで、女郎と抱き寝をして家路につく男が、寝ぼけ眼《まなこ》で吐き出されてくる。

その人混みをくぐりぬけ、平蔵は子育稲荷《こそだていなり》の前にある『柊屋《ひいらぎや》』という料理茶屋に入った。『味楽』の茂庭十内から、新宿で何か召し上がってゆっくりなさりたいときは、ここがいいと聞いていたからである。

昨夜はこれからのことをいろいろ語りあっていたため寝つくのが遅かったし、朝は出立のため、波津は七つ（午前四時）ごろ起き出し、平蔵も七つ半（五時）に起きて、朝飯も早ばやとすませたから寝不足もあり、小腹もすいていた。何か腹に入れて、すこし眠りたいと思っていたら、柊屋の看板が目にとまったのである。

大身の旗本や藩の重役たちもよく使うというだけあって、柊屋は門構えのある品のあるたたずまいだった。

清々《すがすが》しく打ち水をした敷石を踏んで玄関に入り、迎え出た女中に茂庭十内の紹介だと告げると、女将《おかみ》が出てきて丁寧に挨拶《あいさつ》した。

いつものむさい身なりなら怪しまれただろうが、今日は岳崗藩士や波津の手前もある。月代《さかやき》こそ剃ってはいないが、髪を束ねて髷《まげ》も結いあげてあるし、一張羅《いっちょうら》の紋付きに羽織袴までつけてきたうえ、茂庭十内の名もきいたらしい。旅立ちの見送りにきた帰りで、なにか軽く食して、ひとやすみしたいのだがというと、すぐさま奥の離れ部屋に案内された。

床の間に刀架けもある立派な部屋だった。

朝湯をすすめられるまま、檜風呂《ひのきぶろ》につかってくつろいでから座敷にもどると、出された膳は二の膳つきの立派な献立だった。

味噌汁に香の物はもとより鮎の塩焼き、酢の物に烏賊《いか》の塩辛《しおから》、茶碗蒸しまでついている。

これでは酒でも飲まないと格好がつかない。熱燗を頼んで、ひさしぶりに贅沢《ぜいたく》な馳走を奢《おご》ることにした。

——これじゃ、とても一分じゃおさまらないだろうな……。

みみっちい懐算用をしたが、昨夜、波津から当座の費《つい》えにと三十七両もの大金を渡されている。波津はちゃんと出入帳をつけていて、兄や嫂《あによめ》からもらった金や、吉宗の陰守《かげもり》をしたときの金もきちんと記載されていた。そのなかから、九十九の義父官兵衛の見舞いにと十両渡したが、波津は五両で充分だといって五両はもどした。しかも、これから先の不時の出費のために幾許《いくばく》かの金は駿河台《するがだい》の実家の嫂にあずけてあるという。

――おれには過ぎた女房どのだよ。

これには平蔵も舌を巻くしかなかった。

ともあれ、今年はじめての鮎の塩焼きを味わい、朝酒を胃の腑《ふ》に入れると、ほどよく眠気がさしてきた。

手枕で眠りかけたら、女中がきて木枕をあてがい、掻巻《かいまき》までかけてくれた。

## 二

このところ寝不足がつづいていたせいもあって、うたた寝のつもりが熟睡してしまい、八つ半（午後三時）過ぎになってようやく目が覚めた。

丁度、柊屋はかきいれどきを迎えるころらしい。客を案内する女中の足音がしていた。

手をたたいて係の女中を呼んで、茶漬けを頼み、急いでかきこんで勘定をすませて店を出た。ふんだくられるかと覚悟していたが、一分二朱だという。二分出して、釣りの二朱は心付けに置いてきた。

まだ日は高い。物見遊山《ものみゆさん》の気分で、あちこち寄り道しながら小石川の同心町を通って、千駄木のほうに向かった。

ようやく日が陰りはじめ、伝通院の森が黒ぐろと見えてきたころには日が西に沈み、通りの商店も店じまいにかかっていた。

ふと小川笙船の家に寄って挨拶していこうかとも思ったが、また酒盛りになりかねん、今日はおとなしく帰宅するのが無難だろうと考え直した。

途中、菊坂町《きくさかちょう》で店をしめかけていた荒物屋でぶら提灯《ちょうちん》を買い、蠟燭《ろうそく》に火をつけて薄闇の小道をたどり、加賀百万石の前田家の上屋敷前の大通りを抜けて暗闇坂《くらやみざか》にさしかかったときである。

「神谷さま。ご用心を……」

ふいに背後からささやく声がして、編笠をかぶり、三味線《しゃみせん》をかかえた鳥追い女が並びかけてきた。

「おもん……」

厚化粧の匂いが色濃く鼻孔をくすぐったかと思うと、おもんは編笠をむしりとり、小腰をかがめて平蔵が手にしていた提灯の柄を奪いとって坂の上に向かって投げ捨てた。

瞬間、ふわりと宙に弧を描いた提灯の灯りにキラリと光って飛来した異様な凶器が提灯をまっぷたつに切り裂いた。

「うっ！」

平蔵が刀の柄《つか》に手をかけた途端、つづいて弧を描いて飛来した円形の凶器が平蔵に襲いかかった。

「平蔵さま！」

叫ぶなり、おもんは三味線の胴を凶器にたたきつけた。胴をまっぷたつに斬り裂いたのは、卍ノ爪と呼ばれる禍《まが》まがしい刃物だった。

「大事ないか、おもん」

「ご心配なく」

おもんは三味線の柄に仕込んであった双刃《もろは》の剣を片手に坂の下に向かって走り出した。走りながら着衣を手早く脱ぎ捨て、下に着込んでいた忍び装束に早変わりした。

「敵は鴉組です。ご油断なさいますな」

「おう！」

おもんの声は低いが、緊張に鋭く研ぎ澄まされている。よほどの強敵にちがいない。平蔵も素早く羽織をかなぐり捨てると、ソボロ助広を手に走りながら怒号した。

「闇討ちとは卑怯《ひきよう》なっ！　面《つら》を見せろっ」

暗闇坂は昼間でも陽射しがささない急坂だが、その先は水戸家中屋敷と小笠原信濃守下屋敷と旗本屋敷が甍《いらか》を連ねているし、空には半月がかかっている。

時刻はまだ宵の口の六つ半（七時）過ぎ、下屋敷はともかく水戸家中屋敷には多くの藩士がいるはずだが、かかわりあいを恐れてかだれも出てくる気配はない。

一気に坂をくだり、水戸家中屋敷の前まで駆けおりたが、あたりは深閑として静まりかえっていた。

その静寂の中、前方にはひたひたと刃《やいば》を連ねた十数人の黒衣の刺客が切っ先をそろえて待ちかまえていた。

背後からは黒雲のように湧き出した黒衣の一団が音もなく迫ってくる。あわせておよそ二十数人はいるだろう。

——切通坂の二の舞いか……。

しかし、あのときとちがうのは刺客のなかの数人は、履《は》き物なしの足袋跣足《はだし》で足音を殺していることだった。

半月の淡い光があるとはいえ、両側には武家屋敷の土塀が連なり、路上は暗夜に近い。

足音を殺して迫る敵を感知できるのは殺気だけである。

鴉組のなかには甲賀者がいると、味村やおもんから聞いていたのを思い出した。

どうやら敵は切通坂のときより手強い輩《やから》をそろえてきたようだ。

平蔵はまっしぐらに正面の集団に斬りこんでいった。

道幅はさして広くはないから、集団とはいえ、刀をふるえるのは先頭の三人ぐらいのものだ。

正面の敵に向かうと見せかけ、左端の敵の胴を存分に薙《な》ぎはらい、返す刀で正面の敵を肩口から斬りさげ、右端の敵の剣先を撥ねあげざま喉を斬り裂いた。

噴き出した血しぶきが黒い雨のように降りそそいだ。血潮を浴びながら、踵《きびす》を返すと、背後の敵に切っ先を返し、下から突きあげた。喉笛を抉《えぐ》った刃を引き抜きざま、呻き声をあげてもたれかかってきた敵の躰を爪先で蹴り斃《たお》した。

敵の態勢がどどっと崩れるのを横目で見て、おもんをかえりみた。

おもんは身軽に地面を蹴ってムササビのように土塀に駆けあがると、塀の甍を飛ぶように走りながら、黒鍬者が投げ菱《びし》と呼んでいる手裏剣《しゅりけん》をたてつづけに投じ、敵を倒していた。

投げ菱は的確に敵の眼をつぶし、攪乱《かくらん》していた。

平蔵は眼をつぶされ、たたらを踏んでもがいている敵を容赦なく斬り斃していった。

しかし、敵は怯《ひる》むことなくつぎつぎに襲いかかってくる。

おもんが土塀から飛びおり、平蔵の背後をかばうかのように双刃の剣をふるって、敵に立ち向かった。

あたりは累々《るいるい》たる死屍《しかばね》で埋めつくされている。

さすがに平蔵も息があがりかけてきた。乱闘のなかで気がつかぬまま、いつか平蔵の着衣もあちこちが切り裂かれ、襤褸《らんる》のようになっていた。

そのとき、ふいに敵の背後で阿鼻叫喚《あびきょうかん》が巻き起こった。

黒衣の集団がまっぷたつに割れた。白刃をふるい、敵を斬り斃しながら駆け寄ってきたのは柘植杏平であった。

「神谷どの！　あとはそれがしにおまかせあれっ」

凛《りん》とした声で呼ばわると、柘植杏平は猛然と黒衣の群れに飛びこんでいった。

数人の残党を瞬く間に左右に斬り伏せると、杏平は小笠原信濃守の門前に、ひっそりとたたずんでいた頭領らしい黒衣の侍のほうにずかずかと歩み寄った。

「榊原刑部か」

「きさま、柘植杏平だな……」

榊原刑部は刀を手にゆっくりと柘植杏平と対峙《たいじ》した。

「おのれ！　恩顧《おんこ》ある殿を裏切るつもりか」

刑部は低い声で威圧すると、ひたと刀を青眼《せいがん》にかまえ、呻くように吐き捨てた。

「よかろう。殿にかわって成敗してくれるわ」

「なにが、成敗……」

柘植杏平はゆったりと刀を左下段にかまえ、叱咤《しった》した。

「きさまらこそ尾張を危うくする不逞《ふてい》の輩ではないか」

「なにぃ……」

「きさまらの盲動のおかげで殿は困惑なされていることを知らぬか」

柘植杏平は刀をじわりと大上段にかまえた。

「わしは成瀬隼人正どのから、きさまらの盲動を阻止せよとの密命をうけておる。きさまが成敗ともうすなら、いわば、これは逆成敗！」

「う、うぬっ」

榊原刑部が怒号し、躍りこんでくるのを待っていたかのように、柘植杏平は大上段にかまえていた刃を懸河《けんが》のごとく斬りおろした。

とっさに撥ねあげた刑部の刀が鍔元《つばもと》からへし折れ、杏平の刃はそのまま刑部の頭蓋《ずがい》をまっぷたつに割って、まさしく竹を割るように斬りおろされた。

噴出する血しぶきのなかで榊原刑部の躰が左右に分断されたまま、路上にゆっくりと倒れていった。

「石割ノ剣、か……」

平蔵がぼそりとつぶやいた。

そのとき、背後の武家屋敷の門扉《もんぴ》の陰にひそんでいた二人の残党が疾風のごとく襲いかかった。

――転瞬。

平蔵は軸足を反転させた。剣先がキラッ、キラッと半月の光にきらめいたかと思うと、襲いかかってきた黒衣の残党が虚空をつかんで左右の路上に突っ伏した。

柘植杏平が刀の血糊《ちのり》を懐紙でぬぐいながら、歩み寄ってきた。

「拝見しましたぞ。いまのが風花ノ剣……ですかな」

平蔵は無言でほほえみかえした。

根津権現の森で梟《ふくろう》の鳴く声がかすかに聞こえている。

あちこちに受けた手傷で全身が火のように熱い。

また笙船どのの世話にならねばならんな、と思った。

三

穏やかな陽射しがさしこむ縁側で、平蔵は碁盤の前にあぐらをかいて腕組みしたまま、盤面を睨んでいた。

平蔵の白の大石が黒石に包囲され、盤央でのたうちまわっている。

対座している柘植杏平の頬が笑みこぼれていた。

いまや、杏平はすっかり平蔵の碁敵《ごがたき》になっていて、二日に一度は訪ねてくるようになった。お露の話によると、よいおひとたちと巡り会えたと喜んでいて、どうやら当分は江戸から離れるようすはないらしい。

だとすれば、おれにかわって道場の稽古をやってもらうという手もあるな……。

平蔵はひそかにそんなことを考えている。

お篠が茶を運んできて、呆《あき》れたように袖で口元をおさえると、台所にもどっていった。

台所で包丁を使っていたお露となにやらささやきあっては、くすくす忍び笑いしている。

玄関で伝八郎のにぎやかな声がしたかと思うと、間もなくどたどたと足音を響かせて顔を出し、どっかとあぐらをかいた。

「なんだ、なんだ。また石並べか……ようも、そんな他愛もないことに夢中になれるもんだの」

平蔵が盤面に目を落としながら舌打ちした。

「ちっ、うるさいな。道場をほったらかしにして、なにしにきたんだ」

「うるさいとはなんだ。せっかく耳よりな話をもってきてやったんだぞ」

「なんだ。もったいをつけずに、さっさといえ」

「うむ。ちと耳にしたところによると、尾張藩で権勢をふるっていた側用人の日下部伊織という男が、不届きのことありというご沙汰《さた》をうけて家禄召し上げのうえ、切腹をもうしつけられたそうだ」

「ははぁ、鴉組のことが表沙汰になるのを恐れてのことだな」

「いや、それもあるが、美濃屋仁左衛門と結託して大枚の賄賂《わいろ》を受け取っていたこともからんでのことらしい」

伝八郎はぐいと膝を乗り出した。

「しかも、美濃屋を後押ししていた左内坂の諸岡湛庵が江戸から姿を消してしまったというぞ」

「ふうむ。いったい、そんなネタをどこから仕入れてきたんだ」

「ン、ま、なにせ、わしはあちこちに顔がひろいからの」

「なんだか怪しいもんだな」

「お、おい……」

伝八郎が憤然としたとき、柘植杏平が盤面から顔をあげて、ぼそりとつぶやいた。

「いや、矢部どののいわれるとおりでござる。それがしも、昨日、成瀬隼人正さまからそのように耳にいたしました。すべては尾張家安泰のためということでござった」

「なるほど、さすがは尾張の付家老、たいした器量人だな」

平蔵、おおきくうなずいた。

「それにしても、おれが一枚嚙んでおらなんだのは残念だのう」

伝八郎がぼやいた。

「なに、きさまはなんにつけても早合点するか、後手を踏む男よ」

「おい、それはなかろう。それは……」

伝八郎が目をひんむいた。

そこへ、お篠とお露が酒肴《しゅこう》の膳を運んできた。

「さぁさ、なにもございませんが、召し上がってくださいまし」

「お、これは……」

たちまち伝八郎の顔がほころび、いそいそと盃を手にした。

「さ、どうぞ」

お露が徳利を手にし、酌《しゃく》をした。

「や、かたじけない。それにしても神谷はお篠どの、柘植どのはお露どのという美人に日々かしずかれておるとは羨《うらや》ましいかぎりだのう」

平蔵がじろりと睨みつけた。

「なにをいうか。お露どのはともかく、お篠さんは波津が留守中の世話をと頼んだだけで、わしにかしずいておるなどとは見当違いもはなはだしいぞ。それに、きさまは育代どのという恋女房を射止めたばかりの、ほかほかの新所帯《あらじょたい》ではないか。やっかみもたいがいにしろ」

「なんの、それはそれ、これはこれよ。育代はなんといっても子連れの年増だからの。同列には論じられん」

「まったく、きさまというやつは……」

平蔵が舌打ちして、また盤面に目を向けたが、ン……ふいに妙手が閃いたらしく、白石をつまんでピシリと盤央に打ちこんだ。

「お……」

今度は杏平が目をひんむいた。

「ううむ！　なになに、そんな手があったか」

食い入るような目を盤面に向け、唸《うな》り声をあげた。

「おまえさま。せっかくお燗《かん》をつけた酒《ささ》が冷めてしまいますよ」

お露がなじったが、杏平の目は盤面に釘付けになっている。

「ン、ううむ……」

お露とお篠が呆れたように顔を見合わせ、くすっと忍び笑いした。

「ところで神谷、紀州家の御前試合はどうなっとるんだ」

「わからん。……なにせ、このところ上様の容態が芳《かんば》しくないゆえ、吉宗公は営中に詰めきりらしいからな。当分は沙汰があるまで、待てということらしい」

「それにしても、いったい、八代さまは紀伊か、尾張か、どっちになるんかのう」

「どっちになろうが、おれたちには所詮《しょせん》、無縁のことよ」

「そうだの。公方《くぼう》さまがだれになろうが、おれたちの暮らしが変わるわけでもなし、か……」

伝八郎、ぐいと盃をあおりつけ、がはははっと哄笑《こうしょう》した。

杏平は盤面の石を見つめたまま、沈思黙考している。

燕《つばめ》が二羽、チチッチチチッと軒端《のきば》で囀《さえず》っている。

雌雄の番《つが》いらしい双燕《そうえん》の囀りを聞きながら、平蔵はふと、九十九の里にいる波津に思いを馳《は》せた。


（ぶらり平蔵　宿命剣　了）

# 参考文献


『徳川吉宗・国家再建に挑んだ将軍』　大石学著　教育出版
『江戸10万日全記録』　明田鉄男編著　雄山閣
『江戸厠百姿』　花咲一男著　三樹書房
『大江戸八百八町　知れば知るほど』　石川英輔著　実業之日本社
『江戸あきない図譜』　高橋幹夫著　青蛙房
『歴史読本　江戸城大奥　徳川将軍家の魔宮』　新人物往来社
『広重の大江戸名所百景散歩』　堀晃明著　人文社
『もち歩き「江戸東京散歩」』　人文社
『復刻古地図（数点）』　人文社
『刀剣』　小笠原信夫著　保育社
『日本の野鳥１００』　叶内拓哉　文・写真　新潮文庫
『剣豪　その流派と名刀』　牧秀彦著　光文社
『名刀　その由来と伝説』　牧秀彦著　光文社
『諸国道中大絵図』　東光社

コスミック・時代文庫

ぶらり平蔵《へいぞう》
決定版⑩宿命剣

2022年8月25日 初版発行

【著 者】
吉岡道夫《よしおかみちお》

【発行者】
相澤 晃

【発 行】
株式会社コスミック出版
〒154-0002 東京都世田谷区下馬6-15-4
代表 TEL.03(5432)7081
営業 TEL.03(5432)7084
FAX.03(5432)7088
編集 TEL.03(5432)7086
FAX.03(5432)7090

【ホームページ】
http://www.cosmicpub.com/

【振替口座】
00110-8-611382

【印刷／製本】
中央精版印刷株式会社

乱丁・落丁本は、小社へ直接お送り下さい。郵送料小社負担にて
お取り替え致します。定価はカバーに表示してあります。

ISBN978-4-7747-6409-2 C0193

COSMIC 時代文庫

# 吉岡道夫の超人気シリーズ

傑作長編時代小説

## 医師にして剣客！

「ぶらり平蔵」決定版［全20巻］刊行中!

ぶらり平蔵 決定版①
剣客参上

ぶらり平蔵 決定版②
魔刃疾る

ぶらり平蔵 決定版③
女敵討ち

ぶらり平蔵 決定版④
人斬り地獄

**絶賛発売中!**

お問い合わせはコスミック出版販売部へ!
TEL 03(5432)7084
http://www.cosmicpub.com/

COSMIC時代文庫

## 吉岡道夫　ぶらり平蔵〈決定版〉刊行中！

①剣客参上
②魔刃疾る
③女敵討ち
④人斬り地獄
⑤椿の女
⑥百鬼夜行
⑦御定法破り
⑧風花ノ剣
⑨伊皿子坂ノ血闘
⑩宿命剣
⓫心機奔る
⓬奪還
⓭霞ノ太刀
⓮上意討ち
⓯鬼牡丹散る
⓰蛍火
⓱刺客請負人
⓲雲霧成敗
⓳吉宗暗殺
⓴女衒狩り

隔月順次刊行中
※白抜き数字は続刊